Casanova zum Vergnügen

Casanova im Alter von 63 Jahren,
Stich von Johann Berka (1788)

# Casanova zum Vergnügen

Nach der Übersetzung von Heinz von Sauter
ausgewählt und herausgegeben
von Christian Grawe

Mit 10 Abbildungen

Reclam

RECLAMS UNIVERSAL-BIBLIOTHEK Nr. 19422
2018 Philipp Reclam jun. GmbH & Co. KG,
Siemensstraße 32, 71254 Ditzingen



Umschlagillustration: Nikolaus Heidelbach
Druck und Bindung: Canon Deutschland Business Services GmbH,
Siemensstraße 32, 71254 Ditzingen
Printed in Germany 2018
RECLAM, UNIVERSAL-BIBLIOTHEK und
RECLAMS UNIVERSAL-BIBLIOTHEK sind eingetragene Marken
der Philipp Reclam jun. GmbH & Co. KG, Stuttgart
ISBN 978-3-15-019422-5

www.reclam.de

# Inhalt

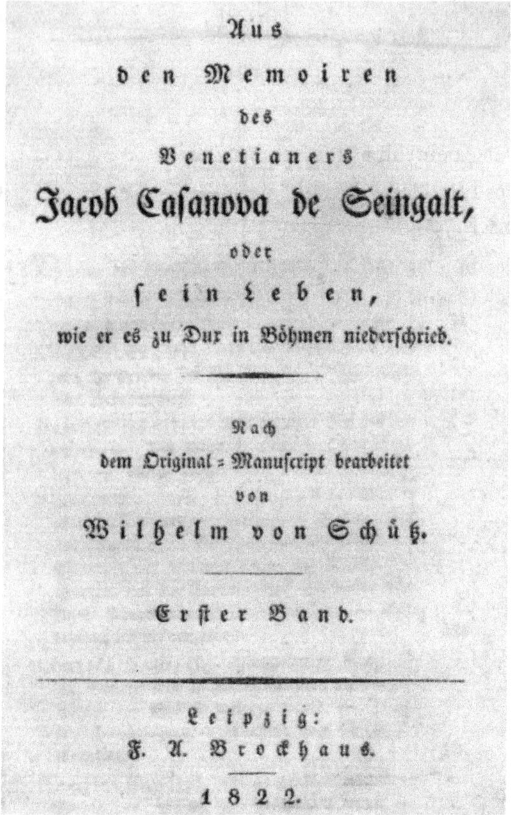

Aus
den Memoiren
des
Venetianers
Jacob Casanova de Seingalt,
oder
sein Leben,
wie er es zu Dux in Böhmen niederschrieb.

Nach
dem Original-Manuscript bearbeitet
von
Wilhelm von Schütz.

Erster Band.

Leipzig:
F. A. Brockhaus.
1822.

Titelblatt der ersten deutschen Ausgabe von Casanovas *Geschichte meines Lebens* (1822)

# Vorwort

> Wenn mein Leser die Frömmler liebt, so rate ich ihm, meine Memoiren nicht zu lesen. (III.327)

## I

»In Spanien sind es schon eintausenddrei« Geliebte seines liebestollen Herrn, erläutert Leporello der bestürzten Donna Elvira in Mozarts Oper *Don Giovanni*. Der Librettist Lorenzo da Ponte könnte dasselbe auch über Giacomo Casanova geschrieben haben. Ja, Casanova hat offenbar an dem Libretto der Oper mitgearbeitet. Jedenfalls sind dazu in seiner Handschrift zwei Änderungsvorschläge für das Ende des 2. Aktes erhalten[1]. Casanova saß höchstwahrscheinlich auch bei der Uraufführung der Oper am 29. Oktober 1787 in Prag im Publikum. Der Zweiundsechzigjährige lebte nahebei als Bibliothekar des Grafen Waldstein auf dessen Schloss in Dux. Erkannte er sich in dem Bühnenhelden wieder? Wohl nur bedingt. Wie Don Juan fühlte sich Casanova von allem Weiblichen geradezu magisch angezogen, aber der Spanier war ein gewissenloser Verführer, der Italiener ein verführerischer und entschlossener, aber um das

1 Vgl. dazu: H. E. Weidinger, »The ›Dux Drafts‹. Casanova's Contribution to Da Ponte's and Mozart's *Don Giovanni*«, in: *Maske und Kothurn* 52 (2006), H. 4, S. 95–130.

Wohl seiner Partnerinnen besorgter Liebhaber – ein »eingeschworener Libertin« (IX.3), aber kein gewissenloser. Er wusste um den Unterschied:

> Ein Mensch, der berufsmäßig verführt und nur dieses Ziel kennt, ist eine abscheuliche Kreatur und grundsätzlich der Feind des Geschöpfes, auf das seine Wahl gefallen ist. Er ist wahrlich ein Frevler; denn wenn er über die erforderlichen Gaben der Verführung verfügt, macht er sich ihrer unwürdig, indem er sie missbraucht, um ein Mädchen unglücklich zu machen. (XII.121)

Casanova behauptete von sich, »ich verliebe mich immer in das Gesicht« (VIII.217) und habe mit einer Ausnahme »alle Mädchen, die ich einst geliebt, […] auch glücklich gemacht«. (XII.103) Es waren nicht ›*mille tre*‹, aber er verführte oder liebte »einige hundert Frauen« (VIII.121), darunter junge Mädchen, die kaum das Teenager-Alter erreicht hatten. Öfter lebte er mit einer Geliebten mehrere Wochen oder Monate glücklich zusammen, und mehrmals bot er seiner Geliebten an, sie zu heiraten, obwohl er sich für die Ehe nicht geeignet hielt (»diese Seligkeit«, VIII.104, aber »das Grab der Liebe«, IX.256). Er liebte mit »allen meinen Sinnen« (IX.362). Wenn Casanova sich von einer Geliebten trennte, litt er oft seelisch und körperlich. Er aß nicht, magerte ab, schloss sich ein und »war untröstlich« (X.33).

## II

Im öffentlichen Bewusstsein lebt Casanova als der große Verführer; sein Name ist sprichwörtlich für einen hemmungslosen Liebhaber. Aber es gibt wohl nur wenige historische Persönlichkeiten, bei denen der Mythos so wenig der Wirklichkeit entspricht. Casanovas Liebesleben ist nur eine Facette dieses vielseitig begabten Intellektuellen und Gesellschaftsmenschen:

- Casanova schrieb und veröffentlichte u. a. Gedichte, Theaterstücke, philosophische, historische, parodistische, polemische und mathematische Werke, darunter eine dreibändige moderne Geschichte Polens (1774/75) und einen detailbesessenen, 1000 Seiten langen Science-Fiction-Roman über die Gesellschaft der »Megamikren« im Innern der Erde.
- Er übersetzte klassische und neuere literarische Werke, darunter den größeren Teil von Homers *Ilias*, Voltaires Komödie *L'Ecossaise* und das Libretto von Rameaus Oper *Zoroastre*.
- Er kannte und/oder korrespondierte mit bedeutenden Zeitgenossen, darunter Voltaire, Pietro Metastasio, Anton Raphael Mengs, D'Alembert (eigentlich Jean-Baptiste le Rond), Jean-Jacques Rousseau und J. J. Winckelmann.

- Er traf auf seinen Reisen u. a. die Päpste Benedikt XIV. und Clemens XIII., König Friedrich II. von Preußen, Zarin Katharina von Russland und den König von Polen.
- Er war in Europa berühmt und berüchtigt als einer der großen Kabbalisten der Zeit und benutzte seine theoretischen und praktischen Kenntnisse, um arglose Zeitgenossen zu blenden und auszubeuten.
- Er legte auf seinen Reisen in Frankreich, Konstantinopel, der Schweiz, Deutschland, Russland, Holland, England, Polen, Österreich, Spanien und natürlich seinem Heimatland Italien mindestens 65 000 Kilometer zurück.
- Er arbeitete als Orchestermusiker, Offizier und Adjutant in der venezianischen Armee (»Jünger des Kriegsgottes«, II.54), Geistlicher, Spion[2],

2 Um nach Venedig zurückkehren zu dürfen, verdingte sich Casanova 1774 als Spion seiner Heimatstadt: Ich »war fest entschlossen, alle meine Kräfte anzuspannen, um dem Tribunal wirksam zu dienen und vor seinen gestrengen Augen der Begnadigung würdig zu werden, die ich nach neunzehnjährigen Irrfahrten durch ganz Europa ersehnte.« (XII.252) Der venezianische Konsul in Triest schrieb am 10. September 1774 an die Inquisitoren: Casanova las das Schreiben der Begnadigung, »las es noch einmal, küsste es viele Male und brach nach einer kurzen Pause der Sammlung und des Schweigens in einen Strom von Tränen aus.« (XII.290) 48 Berichte, in denen Casanova seine Mitbürger anschwärzt, sind erhalten.

Sekretär, Lotteriebesitzer, Diplomat, Rechtsanwaltsangestellter, Fabrikant und Bibliothekar.

- Er beherrschte Latein, Altgriechisch und Französisch mehr oder minder fließend und konnte ein wenig Spanisch, Englisch, Deutsch, Hebräisch und Russisch.
- Er war bibliophil und ein leidenschaftlicher Leser mit erstaunlichen literarischen Kenntnissen, der viele dichterische Texte auswendig zitieren konnte.
- Als Gourmet und Weinkenner hat Casanova laut Ian Kelly »einen Platz in der Geschichte der Gastronomie«. »Er ist eine unschätzbare Quelle für das, was zu seiner Zeit in Europa gegessen wurde.«[3]

Vieles davon wüsste die Nachwelt nicht, wenn Casanova nicht mit seiner zwölfbändigen, bis zu seinem 49. Lebensjahr reichenden Autobiographie eine der faszinierendsten und literarisch eindrucksvollsten Lebensgeschichten geschrieben hätte. Dass das authentische französische Original nach gekürzten und romantisch verfälschten Ausgaben erst 1960 erschien, hat Casanovas Image geschadet.[4] Lange wurde die

3 Ian Kelly, *Casanova. Actor, Lover, Priest, Spy*, New York: Jeremy P. Tarcher / Penguin 2008, S. 295.

4 Ein reizvolles typisches Beispiel, wie der erste französische Herausgeber das Original romantisierte und erotisierte, enthält Heinz von Sauters *Der wirkliche Casanova. Eine Biographie* (Stuttgart: Engelhorn 1987, S. 235): »›Ihre Brust war noch nicht ausgereift, da sie erst dreizehn Jahr alt war. Nir-

Wahrheit seiner Memoiren angezweifelt und er verdächtigt, seine Abenteuer übertrieben oder gar erfunden zu haben. Aber die Casanova-Forschung der letzten hundert Jahre hat anhand seines umfangreichen Nachlasses und einer Fülle von aufgefundenem historischem Material nachgewiesen, dass bis auf zeitliche Irrtümer Casanovas *Geschichte meines Lebens* der Wirklichkeit entspricht.[5] Sie ist ein Kompendium des

gends zeigten sich an ihr ausgesprochene Pubertäts-Erscheinungen. Sie war weiß wie Schnee, und ihr schwarzes Haar machte ihre Weiße noch leuchtender.‹« (X.6) So schildert es Casanova, aber das genügte seinem Bearbeiter Jean Laforgue 1828 bei der französischen Erstausgabe nicht, er tauchte die Feder tief in die Tinte, um diese schlichte Äußerung dem Casanova-Bild anzupassen, das ihm vorschwebte und das bis zum Erscheinen der Originalausgabe 1960 das alleingültige war: »... denn ihr schöner nackter Leib war buchstäblich in ihre Haare eingehüllt, und nur einzelne weiße Stellen schimmerten wie durch schwarze Spitzen hindurch. Vollendet feine Augenbrauen wölbten sich über ihre herrlich geschnittenen Augen, die vielleicht etwas größer hätten sein können, die aber unübertrefflich an Glanz und Ausdruck waren; ihre breiten Lider mit langen, dichten Wimpern dämpften das Feuer ihrer Blicke und verliehen ihr einen Ausdruck von bezaubernder Bescheidenheit. Von ihrem Mund will ich nichts sagen, er war so klein, dass sie kaum einen Apfel anbeißen zu können schien; ihn zierten zwei Perlenreihen zwischen ihren Korallenlippen.«

5 Von 1958 bis 1980 erschien in den USA sogar eine ausschließlich Casanova-Studien gewidmete Zeitschrift: *Casanova Gleanings*.

Lebens und der religiösen, sozialen, politischen, gesellschaftlichen und sexuellen Sitten und Konventionen in den europäischen Ländern des 18. Jahrhunderts und voller höchst dramatischer Situationen und lebendiger Dialoge, die so echt klingen, dass sie *live* aufgenommen sein könnten. Seine »unersättliche Neugier, Menschen im Gespräch kennen zu lernen« (XI.84), spiegelt sich in seiner Dialogkunst. Casanova untermauert viele Ereignisse mit dokumentarischem Material, das er schon als ganz junger Mann aufzubewahren begann: »Je älter ich werde, desto mehr bedeuten mir meine Papiere. Sie sind der wahre Schatz, der mich ans Leben bindet und mich den Tod hassen lässt.« (VI.222)

## III

Casanova war von eindrucksvoller, stattlicher Erscheinung: fast 190 cm groß und laut Fürst Charles de Ligne »gebaut wie ein Herkules«[6] mit mediterrandunklem Teint und »schwarzen Augen« (I.99). Friedrich der Große verabschiedete ihn nach einem Gespräch mit dem Satz: »Sie sind ein sehr schöner Mann.« (X.79) Er glaubte sich »unter einem glückli-

6 De Ligne, ein angeheirateter Onkel von Graf Waldstein, hat ein eindrucksvolles Porträt des alten Casanova hinterlassen; zitiert nach dem französischen Text: http://expositions.bnf.fr/casanova/arret/01-2.htm

chen Stern geboren« (X.84) und war es gewohnt, schon beim Eintritt in einen Raum Aufmerksamkeit zu erregen – vor allem bei den Damen. Dass seine Unwiderstehlichkeit in seinen vierziger Jahren nachließ, konnte ihn nur zutiefst verstimmen. Zu dieser Zeit meint er, »das letzte wirkliche Glück« erfahren zu haben, »das ich in meinem Leben genoss« (XI.329).

Casanova war »ein guter Unterhalter« (II.101), ein eleganter Tänzer und als gewandter Fechter mehrmals in Duelle verwickelt, wobei er – bis auf eine Schussverletzung an der Hand – nur ein einziges Mal »einen Schlag mit der flachen Klinge« (V.180) erhielt.[7] Er kleidete sich aufwendig und elegant, trug reichlich Schmuck und war ein komplexer Charakter mit widersprüchlichen Eigenschaften: eitel, rachsüchtig (es »erlischt der Rachedurst in meinem Herzen erst, wenn er gestillt ist«, VIII.61), charmant, freigebig, heuchlerisch, großzügig, leichtsinnig, galant, beredt, fürsorglich, verschwenderisch, hilfsbereit, verständnisvoll, selbstgerecht (»jemanden [...] von seinem Unrecht zu überzeugen, war schon stets meine Leidenschaft«, X.301), taktvoll, fromm und abergläubisch, aber zugleich voller Verachtung für Religion und Aberglauben. Der »Taugenichts« (IK.118) wusste, »wenn man Abenteuern nachläuft, kann man in die-

7 Allerdings wurde er in Warschau in einem Pistolen-Duell so an der Hand verletzt, dass sein Daumen gebrochen war und er lange eine Binde trug, weil die Hand anschwoll (X.202).

ser Welt allzu leicht wegen Kleinigkeiten gehängt werden« (X.44). Mehrmals wurde er verhaftet und ins Gefängnis gesteckt. Er war in Europa berüchtigt als Glücksspieler, der unter dem Verdacht stand, dem Glück etwas nachzuhelfen, was er leugnete.

Casanova wurde zur europäischen Berühmtheit, weil es ihm als Einzigem gelang, aus den berüchtigten Bleikammern unter dem Dach des Dogenpalastes in Venedig zu fliehen (vgl. S. 28–40). Perioden von Reichtum und Ansehen wechselten in seinem Leben mit solchen von Armut und Verachtung. Mal wurde er gefeiert und bewegte sich zwanglos in der höchsten Gesellschaft mit »Herzögen, Prinzen und Marchesen« (XI.297) und als Gleichberechtigter unter den angesehensten Intellektuellen seiner Zeit. Der Papst verlieh ihm »das Ordenskreuz vom Goldenen Sporn« (VI.251), das er »als prächtige Zier [...] selbst zum Schlafrock« (VIII.259 f.) trug.[8] Mal war er verachtet und wurde als unliebsamer Gast aus Städten oder Staaten ausgewiesen. Als Freimaurer und Rosenkreuzer konnte er sich auf bestimmte Kontakte verlassen. Mehrmals fand er vermögende Förderer, die er finanziell ausbeuten konnte. Es wird geschätzt, dass er die steinreiche Marquise d'Urfé, die, besessen

8 Trotzdem hat er es angeblich in London verkauft (X.34), widerspricht dem aber in einem späteren Kapitel, als er »das funkelnde Kreuz meines Ordens am Halsband« zu tragen behauptet (X.89).

von ihren Fantastereien, Casanova für einen unfehlbaren Herrscher im Reich der kabbalistischen Geister und für »den mächtigsten aller Menschen« (V.148) hielt, um eine Million erleichterte (vgl. S. 123–131). Mal war er »im tiefsten Grunde glücklich« (VI.56) und mal »entschlossen, sich »in der Themse zu ertränken« (IX.374). »Eine vernünftige Lebensweise (widersprach) meiner Natur« (VI.287). Nie gelang es ihm, eine dauerhafte Anstellung zu finden, sodass er sein Alter kümmerlich in der österreichischen Provinz verbrachte – frustriert, einsam und von dem gräflichen Personal verspottet. So lebte er in der Erinnerung an sein reiches Leben, das er in seinen Memoiren festhielt.

Casanova war ein ungewöhnlich vielseitig interessierter, wissbegieriger und bewanderter Mensch – fast ein *uomo universale*, wenn auch nicht von der geistigen Tiefe Leonardo da Vincis oder Goethes. Noch als Teenager beendete er sein Studium in Padua als Doktor beider Rechte. Er bezeichnete »Dichtung« als »meine Leidenschaft« (I.319) und hatte schon als ganz junger Mann eine erstaunliche Kenntnis der Literatur von der Antike bis zur Gegenwart. Er erwähnt u. a. Vergil, Tasso, »Terenz, Plautus und Martial« (III.55), Petrarca, Pico della Mirandola, Montaigne, Helvetius, Pascal, Ariost, den »ich seit meinem fünfzehnten Lebensjahr [...] zwei oder drei Mal jedes Jahr gelesen habe« (VI.245), Lavater, Charron und Cervantes. Als seinen »Meister« (II.45) bezeichnet er seinen »geliebten Horaz« (III.46), »den ich auswendig wusste« (I.312).

## IV

Die Gepflogenheiten des halben Jahrhunderts vor der Französischen Revolution kamen »bei der allgemeinen Verderbtheit der Sitten« (IX.54) einem Verführer wie Casanova entgegen, und er beherrschte »die Gesetze und Regeln (der Gesellschaftsschicht)« (XI.298), in der er umging, vollkommen. Nicht zufällig war dies die Zeit, in der Jean-Jacques Rousseau seine Theorie vom korrumpierenden Einfluss der Zivilisation entwickelte.[9] Die »unheilvolle und schändliche« (II.316) Französische Revolution, die die soziale Welt zerstörte, die Casanovas Lebenselixir war, konnte er nur hassen. Die hedonistische Gesellschaft des Ancien Régime war verschwenderisch, genießerisch und gastfreundlich; man reiste mit Empfehlungen, die Casanova oft von bedeutenden Persönlichkeiten erhielt. Die moralischen und sexuellen Sitten

9 Eine höchst lebendige und Casanova ergänzende Darstellung der französischen Gesellschaft des Ancien Régime geben die Brüder Edmond und Jules Goncourt in ihrem Werk *La Femme au XVIIIe siècle* (1862; dt. *Die Frau im 18. Jahrhundert*, übers. von Friedrich Griese, München/Zürich: Piper Verlag 1986).

waren wie geschaffen für einen Verführer. Auf Reisen schliefen männliche und weibliche Personen in den meist primitiven Raststätten, auch wenn sie sich nicht kannten, oft in einem Zimmer, ja, vom selben Geschlecht in einem Bett, und man schlief normalerweise nackt. Frauen trugen keine Unterhosen. Genau darin besteht der Reiz von Fragonards bekanntem Gemälde *Die Schaukel* (1767, vgl. S. 57). Frauen, die es darauf anlegten, konnten auf diese Weise Männer durchaus provozieren, wie ein Erlebnis des achtzehnjährigen Casanova zeigt. Das junge Mädchen

> tat [...] einen ungeschickten Schritt, so dass ihr der Schuh an einer Ferse verrutschte; sie streckte mir den Fuß hin und bat mich, ihr den Schuh wieder hochzuziehen. Ich ließ mich vor ihr auf die Knie nieder und machte mich ans Werk. Sie trug einen weiten Reifrock, aber nichts darunter; achtlos raffte sie ihr Kleid ein wenig, doch genug, dass nichts mehr mich hindern konnte, zu sehen, was mir fast den Atem verschlug. Als ich mich wieder erhob, fragte sie, ob mir etwas fehle. (I.237 f.)

Als ein Vater seine Tochter vor einer Reise mit Casanova in einer Kutsche zwang, eine schwarze Unterhose anzuziehen, empfand dieser das als Beleidigung (vgl. S. 148–150). Tabus kannte Casanova nicht. Sogar seine Einstellung zum Inzest war von erstaunlicher

Bedenkenlosigkeit. Einmal war er ahnungslos im Begriff, seine eigene Tochter zu heiraten, und schlief, als er die Wahrheit erfuhr, trotzdem mit ihr. In Paris wurde er in einen Prozess verwickelt, weil er einer Bekannten zu einer Abtreibung zu verhelfen versuchte. Er selbst benutzte allerdings öfter »feine englische Präservative« […], »dieses wunderbare Schutzmittel gegen ein Unglück, das eine schreckliche Reue zur Folge haben könnte« (VI.257). Es überrascht auch nicht, dass in dieser promiskuitiven Gesellschaft Geschlechtskrankheiten verbreitet waren. Mindestens achtmal machten Casanovas Partnerinnen ihm dieses ›Geschenk‹.[10]

Im heutigen Sinn am bedenklichsten allerdings war die leichte Verfügbarkeit von Kindern als sexuellen Opfern. Jugendschutz kannte man nicht, und Mädchen wurden früh verheiratet. Shakespeares Juliet ist vierzehn, als Graf Paris um sie mit der Bemerkung wirbt: »Noch jüngre wurden oft beglückte Mütter.«[11] Eltern prostituierten ihre Töchter und manchmal sogar ihre Söhne zum Gelderwerb. Casanova beschreibt, wie eine Mutter bei seinem Ab-

10 Casanova bemühte sich, verantwortlich mit seinen Geschlechtskrankheiten umzugehen. Er begab sich sofort in ärztliche Behandlung und lebte bis zur Heilung abstinent. Nicht immer gelang das, vgl. S. 147 f.

11 William Shakespeare, *Romeo und Julia*, übers. von Wilhelm Schlegel, hrsg. von Dietrich Klose, Ditzingen: Reclam Verlag 1969 [u. ö.], I,2, hier S. 18.

schied »mit dem Rosenkranz in der Hand viele Vaterunser murmelte« (II.24), nachdem er mit ihrer vierzehn- und ihrer zwölfjährigen Tochter geschlafen und die Avancen ihres sechzehnjährigen Sohns zurückgewiesen hatte. Viele Erlebnisse Casanovas sind aus heutiger Sicht kriminelle Delikte (vgl. S. 150–152, 156 f.).

## V

Die Texte dieses Bandes sollen Casanovas ungewöhnliche, vielseitige Persönlichkeit, seinen Charakter, seine Bedürfnisse, Liebesverhältnisse, geistigen Interessen und seine abenteuerlichen, amüsanten, kuriosen, ärgerlichen oder peinlichen Erlebnisse repräsentieren und auch Beispiele seiner aphoristischen Lebensweisheiten bieten.

Der Auswahl liegt die Casanova-Ausgabe des Propyläen Verlags zugrunde. Sie enthält Texte aus allen ihren Bänden, stützt sich aber hauptsächlich auf Casanovas Autobiographie. Die Bände werden mit folgenden Siglen zitiert, die in den Nachweisen folgenden Ziffern zeigen die Seitenzahlen:

I–XII Giacomo Casanova, Chevalier de Seingalt: Geschichte meines Lebens. Hrsg. und eingel. von Erich Loos. Erstmals nach der Urfassung ins Deutsche übers.

von Heinz von Sauter. 12 Bde in 4 Bdn. Berlin: Propyläen Verlag, 1964.

Sch Giacomo Casanova, Chevalier de Seingalt: Vermischte Schriften aus dem gelehrten und literarischen Werk. Ausgew., eingel. und mit Anm. vers. von Enrico Straub. Nach den frz., ital. und lat. Orig.-Hs. oder Erstausg. neu übers. von Heinz von Sauter und Enrico Straub. Berlin: Propyläen Verlag, 1971.

IK/GK Giacomo Casanova, Chevalier de Seingalt: Gesammelte Briefe. Ausgew., eingel. und mit Anm. vers. von Enrico Straub. Neu und z. T. erstm. nach dem frz. und ital. Ms. übers. von Heinz von Sauter. 2 Bde. Bd. 1: Aus der intimen Korrespondenz. Bd. 2: Aus der gelehrten Korrespondenz: Berlin: Propyläen Verlag, 1969 f.

E+E I–III Giacomo Casanova, Chevalier de Seingalt: Eduard und Elisabeth oder die Reise in das Innere unseres Erdballs. Hrsg. und eingel. von Erich Loos. […] nach der Orig.ausg. aus dem Frz. übers. von Heinz von Sauter. 3 Bde. Berlin: Propyläen Verlag, 1968 f.

Erklärende und ergänzende Anmerkungen stehen in eckigen Klammern; sie entstammen nicht den Quellentexten. Kürzungen sind durch Auslassungspunkte in eckigen Klammern bezeichnet. Doppelungen von Auslassungspunkten und Auslassungspunkte zu Beginn eines Textausschnitts wurden, um den Lesefluss nicht zu beeinträchtigen, vermieden. Es erfolgte eine behutsame Angleichung an die neue Rechtschreibung.

Für die Zeittafel hat der Herausgeber die Angaben der Propyläen-Ausgabe dankbar benutzt. Die Hilfe meiner Frau Ursula war mir unersetzlich.

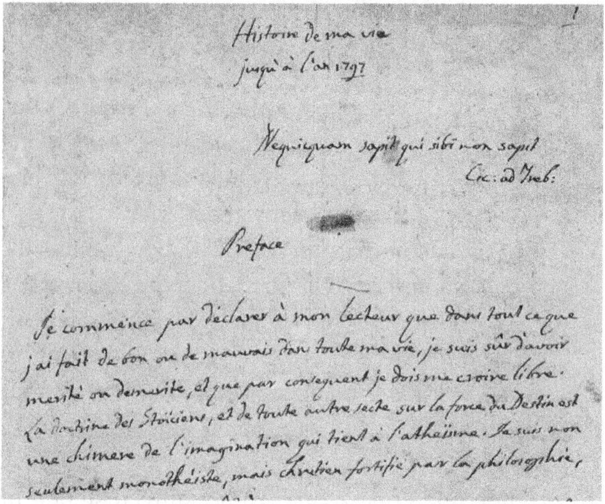

Histoire de ma vie
jusqu'à l'an 1797

Nequicquam sapit qui sibi non sapit
Cic: ad Treb:

Preface

Je commence par déclarer à mon lecteur que dans tout ce que j'ai fait de bon ou de mauvais dans toute ma vie, je suis sûr d'avoir mérité ou démérité, et que par conséquent je dois me croire libre. La doctrine des Stoiciens, et de toute autre secte sur la force du Destin est une chimere de l'imagination qui tient à l'athéisme. Je suis non seulement monothéiste, mais Chrétien fortifié par la philosophie,

Autograph der ersten Seite der Vorrede von Casanovas *Geschichte meines Lebens* (1797)

## Der Abenteurer und Lebenskünstler

Man liebt den Geist, der zum Lachen bringt.

(II.128)

*

Hernach führte mich Patu zu einer berühmten Opernsängerin, die unter dem Namen Le Fel der Liebling von ganz Paris [...] war. Sie hatte drei reizende kleine Kinder, die im Hause herumtollten.

»Ich vergöttere sie«, sagte sie.

»Die Schönheit der Gesichtszüge«, antwortete ich, »ist bei jedem der drei von anderer Art.«

»Das glaube ich gern. Der Älteste ist ein Sohn des Herzogs von Aneci, dieser hier ist vom Grafen d'Eguemont, und der Jüngste ist ein Sohn von Maisonrouge, der eben die Romainville geheiratet hat.«

»Ah, ich bitte vielmals um Entschuldigung. Ich dachte, Sie seien die Mutter von allen dreien.«

»Das bin ich auch.«

Bei diesen Worten blickte sie Patu an und stimmte mit ihm in ein Gelächter ein, das mich bis zu den Ohren rot werden ließ. Ich war ein Neuling. Ich war nicht gewohnt, eine Dame so mit den Rechten der Männer umspringen zu hören (III.172 f.)

Im Alter von zwanzig Jahren [...] nahm ich in kurzer Zeit alle Gewohnheiten meiner nichtswürdigen Kameraden an. [...] Wir verbrachten häufig die Nächte damit, die verschiedenen Stadtviertel [in Venedig] zu durchstreifen und alle erdenklichen Unverschämtheiten zu ersinnen und durchzuführen. [...]

Es war Karneval, Mitternacht hatte bereits geschlagen; wir waren unser acht, alle maskiert, und streiften durch die Stadt. [...] Als wir vor [einer Weinschenke] vorbeizogen, kam uns die Lust an, ein Glas zu trinken. Wir traten ein [...] und fanden niemanden, außer [...] drei friedfertige Männer, die mit einer ziemlich hübschen Frau tranken. Unser Anführer, ein venezianischer Adliger [...] sagte uns, es wäre ein hübscher Streich, diese armseligen Trinker von der Frau zu trennen, um uns dann an ihr ungestört zu erfreuen. [...] Er [...] lüftete seine Maske und sagte zu den äußerst überraschten Männern folgende Worte:

»Bei Todesstrafe und auf Befehl der Herren vom Rate der Zehn, folgen Sie uns sofort, ohne den geringsten Lärm zu machen; Sie, gute Frau, haben nichts zu fürchten. [...]«

Kaum hatte er diese Worte ausgesprochen, nahmen zwei von unserer Bande die Frau in die Mitte und führten sie sogleich dorthin, wo sie uns auf Anweisung unseres Anführers erwarten sollte. Wir anderen bemächtigten uns der drei verschüchterten Männer [...]. Wir führten [sie] auf ein großes

Boot […]. Der Schiffer […] war in einer Viertelstunde auf San Georgio Maggiore, wo er die drei Männer aussteigen ließ. [Nach der Rückfahrt] gingen wir [zu dem Platz], wo uns mein Bruder und ein zweiter aus unserer Schar […] mit der weinenden hübschen Frau erwarteten.

»Weinen Sie nicht, schöne Frau«, sagte unser Anführer, »denn niemand wird Ihnen etwas zuleide tun. […] Sie […] ging sanft wie ein Lamm mit uns in das Wirtshaus ›Alle Spade‹. Dort ließen wir uns in einem Zimmer […] ein gutes Feuer anheizen und Essen und Wein bringen, dann schickten wir den Kellner fort. Nun nahmen wir unsere Masken ab, und beim Anblick unserer Gesichter und aufgrund unseres Benehmens wurde die Entführte ganz umgänglich. Nachdem wir sie durch Worte und so manches Glas Wein aufgemuntert hatten, wurde ihr zuteil, worauf sie wohl gefasst war. […]

Nach diesem hübschen Meisterstreich banden wir wieder unsere Masken um, bezahlten den Wirt und brachten die beglückte Frau nach San Giobbe […] und verließen sie erst, als sie ihre Tür aufgeschlossen hatte. Wir mussten alle darüber lachen, dass sie uns auf die aufrichtigste und schönste Art der Welt dankte.

(II.204 f., 207–210)

*

Mein erster Besuch [in Paris] galt [dem Herzog] de Choiseul [...]. Er empfing mich bei der Morgentoilette und schrieb, während man ihn frisierte. Die Höflichkeit, die er mir zuteilwerden ließ, bestand darin, von Zeit zu Zeit seinen Brief zu unterbrechen, um mir Fragen zu stellen, auf die ich, allerdings vergeblich, antwortete; denn anstatt mir zuzuhören, schrieb er weiter. [...]

Trotzdem war der Herzog ein sehr gescheiter Mann.

Nachdem er seinen Brief beendet hatte, sagte er mir auf Italienisch, Monsieur l'Abbé de Bernis [der französische Außenminister] habe ihm einen Teil der Geschichte meiner Flucht [aus den Bleikammern] erzählt.

»Sagen Sie mir also, auf welche Weise sie Ihnen gelungen ist.«

»Diese Geschichte, Monsieur, dauert zwei Stunden, und Eure Exzellenz scheinen in Eile zu sein.«

»Machen Sie es kurz!«

»Selbst bei allergrößter Kürzung dauert sie zwei Stunden.«

»Sie können mir die Einzelheiten ja ein anderes Mal erzählen.«

»Ohne die Einzelheiten ist die Geschichte nicht interessant.«

»Zugegeben. Man kann aber alles abkürzen, und zwar soviel man will.«

Flucht Casanovas aus den sogenannten »Bleikammern«,
dem Gefängnis des Dogenpalastes in Venedig,
Kupferstich (1788)

»Sehr wohl. Ich berichte also Eurer Exzellenz, dass die Staatsinquisitoren mich unter den Bleidächern einsperren ließen. Nach fünfzehn Monaten und fünf Tagen habe ich ein Loch in das Dach gebrochen; durch eine Luke drang ich in die Cancelleria, deren Tür ich aufbrach. Ich stieg zur Piazzetta hinab und nahm eine Gondel, die mich aufs Festland brachte; von dort begab ich mich nach München, und von dort aus bin ich nach Paris gekommen, wo ich die Ehre habe, Ihnen meine Aufwartung zu machen.«

»Aber was versteht man unter Bleidächern?«

»Das, Monsigneur, dauert eine Viertelstunde.«

»Wie haben Sie es angestellt, das Dach zu durchbrechen?«

»Das dauert eine halbe Stunde.«

»Warum hat man Sie dort eingesperrt?«

»Noch eine halbe Stunde.«

»Ich glaube, Sie haben recht. Die Sache wird erst durch die Einzelheiten interessant. Ich muss nach Versailles.« (V.45 f.)

*

[Durch ein mühsam herausgebrochenes Loch in der Decke seiner Zelle in den berüchtigten Bleikammern unter dem Dach des Dogen-Palastes in Venedig klettert Casanova mit dem ebenfalls eingesperrten

Mönch Marin Balbi nach oben. Er hat einen eisernen »zugespitzten Riegel« (IV.268), den Spuntone, als Werkzeug bei sich.]

Der Mond war nicht mehr zu sehen. [...] Ich stieg als erster hinaus [...]. Kniend und auf allen vieren umklammerte ich mit der Hand den Spuntone stieß ihn mit ausgestrecktem Arm jeweils schräg in die Verbindungsstelle zweier Bleiplatten und bog sie hoch, bis ich mich mit vier Fingern am Plattenrand festhalten und [...] zum Dachfirst hinaufsteigen konnte. [...]

Ich kletterte [...] hinauf, bis ich den Dachfirst erreicht hatte; dort spreizte ich die Beine und setzte mich bequem rittlings hin. [...] Wir hatten die kleine Insel San Giorgio Maggiore im Rücken und zweihundert Schritte vor uns die vielen Kuppeln der Markuskirche [...].

Nur mit dem Spuntone in der Hand und ohne die geringste Schwierigkeit rittlings auf dem Dachfirst weiterrutschend, entfernte ich mich. [...]; da ich aber an keinem der Ränder etwas fand, woran ich ein Seilende hätte befestigen können, um an einer Stelle, die mir sicher schien, hinunterzuklettern, war ich in größter Verlegenheit. An den Kanal und auch den Hof des Palastes war nicht zu denken. Das Dach der Kirche bot meinen Augen nur Abgründe zwischen den Kuppeln, die in lauter ausweglose Stellen führten. [...]

Mein Blick und meine Gedanken blieben an einer Luke haften, die etwa auf zwei Drittel der Dachschräge gegen den Rio di Palazzo zu lag. Sie war weit genug von der Stelle entfernt, an der ich ausgestiegen war, um mich überzeugt sein zu lassen, dass der von ihr erhellte Dachboden nicht mehr zum abgeschlossenen Bereich der Gefängnisse gehörte, aus denen ich ausgebrochen war. […] Entsprechend diesen Erwägungen musste ich die Vorderseite der Dachluke untersuchen und machte mich sogleich daran, indem ich das eine Bein über den Dachfirst hob und mich hinabgleiten ließ, bis ich sozusagen auf dem kleinen Giebeldach saß […]. Ich sah, oder besser gesagt, spürte tastend ein dünnes Eisengitter und dahinter ein Fenster aus bleigefassten Butzenscheiben. Das Fenster, obwohl geschlossen, machte mir keine Sorgen, aber das Gitter, so dünn es auch war, erforderte eine Feile, und ich besaß nichts als meinen Spuntone.

Nachdenklich, traurig und verwirrt, wusste ich nicht, was ich tun sollte, als zu meinem Erstaunen ein ganz natürliches Geschehen auf meine Seele wie ein richtiges Wunder wirkte. Ich hoffe, mein aufrichtiges Geständnis setzt mich nicht in den Augen eines philosophisch veranlagten Lesers herab, wenn er bedenkt, dass ein Mensch im Zustand der Unruhe und der Bedrängnis nicht die Hälfte von dem ist, was er in ausgeglichenem Zustand sein kann. Dass die Glocke von San Marco gerade in diesem Augenblick

Mitternacht schlug, war das Ereignis, das meinen Verstand […] durch eine heftige Erschütterung aus der gefährlichen und lähmenden Unschlüssigkeit aufrüttelte. Die Glocke erinnerte mich daran, dass der eben beginnende Tag Allerheiligen war, der Tag, an dem auch mein Schutzpatron, wenn ich einen hatte, eingeschlossen sein musste; aber was meinen Mut noch viel stärker aufrichtete und tatsächlich meine körperlichen Fähigkeiten vermehrte, war das weltliche Orakel, das ich meinem geliebten Ariost verdankte: ›Tra il fin d'Octobre, et il capo di Novembre‹. [›Zwischen Oktoberende und Novemberanfang‹; …] Der Klang der Glocke […] befahl mir zu handeln und verhieß mir den Sieg. Flach auf dem Bauch liegend, den Kopf gegen das kleine Gitter geneigt, stieß ich meinen Riegel in den Holzrahmen, in den es eingelassen war, denn ich war entschlossen, ihn zu zerbrechen, um das Gitter als Ganzes zu entfernen. […] Ich hatte auch nicht die geringste Schwierigkeit, das ganze Butzenscheibenfenster einzudrücken, ohne dabei auf das Blut an meiner linken Hand zu achten, die ich mir beim Herausreißen einer Glasscheibe leicht verletzte.

Mit Hilfe meines Riegels kehrte ich […] auf den Dachfirst zurück und rutschte rittlings zu der Stelle hin, an der ich meinen Gefährten verlassen hatte. […]

Ich band mir wieder das Gepäck und die Seile um den Hals und machte mich gegen die Luke zu auf den Weg. […] Ich löste sogleich mein Seil, knüpfte es [Balbi] unter den Achseln um die Brust […] und ließ ihn rücklings zum Dach der Luke hinab. […] Dann ließ ich mich […] über die Schräge hinabgleiten, legte mich auf den Bauch und sagte ihm, er solle, ohne etwas zu befürchten, einfach loslassen […]. Als er auf dem Boden des Dachbodens angelangt war, band er sich los; beim Heraufziehen des Seiles stellte ich fest, dass die Entfernung von der Luke bis zum Boden zehnmal der Länge meines Armes entsprach. Das war zu viel, um den Sprung zu wagen. […] Ich kehrte auf den First zurück, und da ich nicht wusste, was ich tun sollte, rutschte ich zu einer Stelle neben einer Kuppel hinüber […]. Ich entdeckte eine flache, mit Bleiplatten belegte Terrasse vor einem großen, mit zwei Läden verschlossenen Dachfenster und fand dort […] eine Leiter, die lang genug war, um mir den Abstieg […] zu ermöglichen […]. Ich schlang das Seil um die erste Sprosse, setzte mich wieder rittlings auf das Dach und schleppte sie bis zur Luke. Nun handelte es sich darum, sie hineinzubringen. Die Leiter war zwölfmal so lang wie mein Arm.

Die Schwierigkeiten, die ich beim Hineinbringen der Leiter zu überwinden hatte, waren so groß, dass es mich sehr reute, mich der Hilfe des Mönches beraubt zu haben. Ich hatte die Leiter so gegen die Dachrinne geschoben, dass ein Ende an die Öffnung der Luke stieß und das andere mit dem einen Drittel der Länge über die Dachrinne hinausragte. Nun ließ ich mich auf das Dach der Luke hinausgleiten, zog die Leiter seitlich herauf [...] und befestigte das Seil an der achten Sprosse. Dann schob ich sie wieder hinunter und legte sie erneut in Richtung auf die Luke; nun zog ich das Seil an, brachte aber die Leiter nur bis zur fünften Sprosse hinein [...]. Es war unbedingt nötig, sie am äußersten Ende anzuheben [...]. Ich hätte die Leiter quer vor die Öffnung legen, das Seil daran befestigen, und mich gefahrlos abseilen können; aber die Leiter wäre dort zurückgeblieben, und am Morgen hätte sie den Sbirren [Spitzeln, Wachmännern] und Lorenzo [dem Gefängniswärter] den Ort verraten, wo ich mich vielleicht noch aufhielt.

Es war also nötig, die Leiter ganz in die Luke zu bringen, und da ich niemanden zur Hilfe hatte, musste ich mich entschließen, selbst zur Dachrinne hinabzusteigen, um das Ende anzuheben. [...] Ich wagte es, das Seil und damit auch die Leiter loszulassen, [...] da sie mit der dritten Sprosse an der Dachrinne hing. Vorsichtig, den Spuntone in der Hand, rutschte ich neben der Leiter zur Dachrinne hinab. Ich legte das Eisen neben mich und drehte mich behutsam um, so dass ich die Luke vor mir und die Leiter rechter Hand hatte. Die marmorne Dachrinne gab meinen Fußspitzen Halt, da ich nicht stand, sondern bäuchlings auf dem Dach lag. In dieser Stellung hatte ich die Kraft, die Leiter einen halben Fuß aufzuheben und sie zugleich weiterzuschieben. Mit Befriedigung stellte ich fest, dass sie gut einen Fuß weit vorrückte. […] Nun handelte es sich darum, sie noch um zwei Fuß höher zu heben […]. [Dazu] richtete ich mich auf die Knie auf; aber die dazu aufgewandte Kraft bewirkte, dass ich mit den Fußspitzen ausglitt, mit dem Körper bis zur Brust über den Rand hinausrutschte und nur noch an den Ellbogen hing. In diesem entsetzlichen Augenblick wandte ich meine ganze Körperkraft auf, um mich mit Hilfe der Ellbogen hochzustemmen und mit den Rippen Halt zu finden, und es gelang mir auch. Sorgsam bedacht, nicht den Halt zu verlieren, brachte ich es mit Hilfe der Unterarme so weit, dass ich mit dem ganzen Unterleib sicher auf der Dachrinne lag. […] Ich […] erkannte, dass ich die große Gefahr völlig überwunden hätte, wenn es mir gelänge, den rechten Oberschenkel hoch genug zu heben, um zuerst ein Knie und dann das andere in die Dachrinne zu bringen. Bei der Ausführung dieser Absicht verkrampften sich vor Anstrengung meine Nerven, und ein solcher Schmerz ist imstande, den stärksten Mann zu überwältigen. Er erfasste mich in dem Augenblick, als ich mit einem Knie bereits die Dachrinne berührte; aber diese schmerzhafte Kontraktion […] lähmte mich an allen Gliedern […]. Zwei Minuten später […] erreichte ich […] zuerst mit dem einen, dann mit dem anderen Knie die Dachrinne. Sobald ich glaubte, einigermaßen bei Atem zu sein, richtete ich mich auf, allerdings kniend, und hob die Leiter so hoch ich konnte; es gelang mir, sie in waagrechte Lage zur Dachluke zu bringen. [...] ich nahm also wieder den Riegel und kletterte [...] auf die Luke hinauf, von wo aus ich nunmehr die Leiter leicht ganz hineinschob und meinem Gefährten das Ende in die Arme gleiten ließ. Ich warf die Seile, meine Habseligkeiten und die ganzen Reste des zerbrochenen Fensters in den Dachraum; dann stieg ich hinaus [...]. Uns an den Händen haltend, machten wir die Runde durch den finsteren Raum, [...]; er mochte etwa dreißig Fuß lang und zehn Fuß breit sein.

An dem einen Ende fanden wir eine zweiflügelige Tür aus eisernen Stäben; sie ließ sich durch Drehen einer Türklinke in der Mitte öffnen. Wir tasteten uns an den Wänden entlang, und [...] stießen auf einen großen Tisch, der von Hockern und Stühlen umgeben war. Wir kehrten dorthin zurück, wo wir Fenster festgestellt hatten; ich öffnete eines, auch die Läden, und im Schein der Sterne erblickten wir Abgründe zwischen Kuppeln. [...] Ich schloss die Läden wieder; wir verließen den Saal und kehrten dorthin zurück, wo wir unsere Bündel gelassen hatten. Müde zum Umfallen, ließ ich mich auf den Boden nieder, legte mir eine Seilrolle unter den Kopf, streckte mich aus und fiel, an Körper und Geist vollkommen erschöpft, in einen äußerst sanften Schlummer [...].

Mein Schlaf dauerte dreieinhalb Stunden. Durch Rütteln und lautes Geschrei weckte der Mönch mich auf. […] Der Schlaf hatte mir jedoch meine ganze Spannkraft wiedergegeben, und zu meiner Freude sah ich, dass die Dunkelheit des Dachbodens ein wenig gewichen war. […]

Wir suchten auf der der Gittertür gegenüberliegenden Seite des Raumes, und in einer sehr schmalen Nische glaubte ich eine Tür zu fühlen. Ich ertastete ein Schlüsselloch und […] stieß den Riegel hinein. Drei- oder viermal rüttelte ich; dann war die Tür offen und ich erblickte ein kleines Gemach. […] Ich verließ den kleinen Raum und fand mich in einem Gang […]. Er diente als Archiv. Ich entdeckte eine kurze, schmale Treppe in Stein, die ich hinabstieg; an deren Ende fand ich eine weitere mit einer Glastür. Ich öffnete sie und gelangte endlich in einen Saal, den ich kannte; wir waren in der Cancelleria ducale. […]

Ich ging zur Tür der Cancelleria und steckte den Spuntone in das Schloss, erkannte aber in weniger als einer Minute, dass ich es damit nicht aufbrechen konnte; so beschloss ich, rasch ein Loch in einen der beiden Türflügel zu stoßen. […] Ich nahm ein Brett an der Spalte zum anderen Flügel hin in Angriff, und die Sache ging gut. Ich ließ den Mönch das Werkzeug mit dem Holzgriff in die Fugen hineintreiben, die ich mit dem Spuntone aufsprengte; diesen riss ich mit aller Kraft hin und her. So brach, spaltete und zersprengte ich das Holz […].

Nach einer halben Stunde war das Loch groß genug […]. Die Umrandung des Loches sah angsterregend aus, denn sie war ringsum mit Splittern gespickt, die die Kleider zerreißen und die Haut verletzen konnten. Es befand sich in einer Höhe von fünf Fuß; ich stellte einen Hocker davor, und der Mönch stieg hinauf. Er streckte die zusammengelegten Arme und den Kopf durch die Öffnung, und ich stellte mich auf einen zweiten Hocker dahinter und schob ihn zuerst an den Oberschenkeln, dann an den Beinen nach draußen, wo es sehr dunkel war […].

Dann stellte ich zwei Hocker nebeneinander unter das Loch, einen dritten darauf, und stieg hinauf; so befand sich die Öffnung etwa in Höhe meiner Oberschenkel. Mit Mühe zwängte ich mich bis zum Unterleib hindurch und holte mir wegen der Enge einige böse Schrammen […].

Sobald ich draußen war, […] stieg [ich] zwei Treppen hinab und öffnete […] die Tür zu dem Wandelgang, in dem sich neben dem Arbeitszimmer des Savio alla scrittura [des Kriegsministers] das Tor zur Prachttreppe befindet. […] Die Tür zur Treppe war mächtig wie ein Stadttor; schon ein kurzer Blick darauf ließ mich erkennen, dass ihm ohne Rammbock oder Sprengladung nicht beizukommen war […]. Ruhig und gelassen setzte ich mich hin und sagte zu dem Mönch, mein Werk sei getan; es liege nun an GOTT oder dem Glück, das übrige zu tun. [...]

»Ich weiß nicht«, sagte ich zu ihm, »ob es den Männern, die den Palast säubern, einfallen wird, heute zu Allerheiligen, oder morgen am Allerseelentag, hierherzukommen. Wenn jemand kommt, werde ich mich davonmachen, sobald ich die Tür offen sehe, und Sie folgen mir auf dem Fuß. [...].«

Auf diese Rede hin geriet der arme Mann in Wut. Er nannte mich einen Verrückten, einen Desperado, einen Verführer, einen Lügner [...]. Meine Geduld war heroisch. Es schlug sieben Uhr. [...] Vor allem erschien es mir wichtig, mich vollständig umzuziehen. Pater Balbi sah aus wie ein Bauer, aber er war unversehrt. [...] Ich hingegen sah jämmerlich, ja abscheulich aus. [...] Als ich meine Seidenstrümpfe von den Wunden an meinen beiden Knien losriss, bluteten sie. [...] Das Loch in der Tür der Cancelleria hatte mir Weste, Hemd, Hosen, Hüften und Schenkel zerrissen [...]. Ich zerriss Taschentücher und machte mir Verbände, so gut es ging [...]. Ich zog meinen hübschen Anzug an, der an dem ziemlich kalten Tag komisch aussah; ich ordnete, so gut es ging, meine Haare und legte sie in den Beutel; ich zog meine Strümpfe und ein Spitzenhemd an, weil ich kein anderes hatte [...]. Meinen schönen Mantel hing ich dem Mönch um die Schultern, was ihm den Anschein gab, als hätte er ihn gestohlen.

Ich glich einem Mann, der nach einem Ball in eine Lasterhöhle geraten war, wo man ihn gerupft hatte. […]

So gekleidet und mit meinem schönen goldbetressten spanischen Dreispitz samt weißem Federbusch auf dem Kopf, öffnete ich ein Fenster. Einige Nichtstuer im Hof des Palazzo entdeckten sogleich mein Gesicht, und da sie sich nicht erklären konnten, wie ein Mann meines Aussehens zu so früher Stunde an diesem Fenster auftauchen konnte, benachrichtigten sie denjenigen, der die Schlüssel zu dem Raum hatte. Der Mann glaubte, er hätte vielleicht, ohne es zu bemerken, am Vorabend jemanden eingeschlossen; er holte seine Schüssel und kam herbei. […]

Da hörte ich jemanden schlüsselklappernd die Prachttreppe heraufkommen. Aufgeregt erhob ich mich, blickte durch einen Spalt in dem großen Tor und sah, wie ein Mann in schwarzer Perücke und ohne Hut, ganz allein, mit einem Schlüsselbund in der Hand gemächlich herauftrottete. […] Unter den Kleidern versteckt, umfasste ich fest den Spuntone und stellte mich so hinter die Tür, dass ich beim Öffnen gleich die Treppe erreichen konnte. […] Ich war zum Äußersten entschlossen.

Als die Tür sich öffnete, sah ich, dass er mich entgeistert anstarrte. […] Ohne zu zaudern, aber auch ohne zu laufen, stieg ich die prachtvolle Treppe hinab, die man die Scala dei Giganti nennt […].

Die Immunität, die ich suchte, lag jenseits der Grenzen der Allerdurchlauchtigsten Republik. Schon in diesem Augenblick machte ich mich dorthin auf den Weg; im Geiste war ich bereits dort, nur den Körper musste ich noch hinbringen. Ich ging geradewegs zum [...] Prachttor des Dogenpalastes, und ohne jemanden anzublicken (ein Mittel, um weniger aufzufallen) überquerte ich die Piazzetta, ging zum Ufer und sprang in die erstbeste Gondel [...].

(IV.330–345)

*

[In Den Haag] setzte ich mich mit allen anderen zu Tisch, dazu noch zwei Franzosen [...]. Nach der Suppe sagte einer der Franzosen, der berüchtigte Casanova müsse in Holland sein. Der andere erwiderte, er würde ihm sehr gern begegnen, um ihn in einer wichtigen Angelegenheit zur Rede zu stellen. Da ich sicher war, dass ich mit ihm nie etwas zu tun gehabt hatte, stieg mir sogleich das Blut in den Kopf, aber ich beherrschte mich. Voll Sanftmut fragte ich ihn, ob er Casanova kenne.

»Ich werde ihn wohl kennen müssen«, antwortete er in dünkelhaftem Ton, der mir stets zuwider war.

»Sie kennen ihn nicht«, sagte ich scharf, »denn ich bin es selbst.«

Ohne aus der Fassung zu geraten, hatte er die

Frechheit, mir zu entgegnen, ich täusche mich, wenn ich glaube, der einzige Mann auf der Welt zu sein, der Casanova heiße.

Diese Antwort setzte mich ins Unrecht, und ich musste schweigen; ich war aber entschlossen, [...] ihn zu zwingen, mir in Holland den angeblichen anderen Casanova zu finden, den er zur Rede stellen wollte. Einstweilen biss ich mir auf die Lippen und ertrug es, dass ich, wie mir schien, bei Tisch eine dumme Figur machte, besonders den Offizieren gegenüber, die mich nach diesem äußerst heftigen kurzen Wortwechsel für einen Hasenfuß halten mochten. Der unverschämte Kerl nutzte indessen meine Lage und seinen Sieg aus, der ihm zumindest hinsichtlich der Schlagfertigkeit die Oberhand gab, und schwätzte drauf los. Er trieb es soweit, mich zu fragen, aus welchem Land ich stammte; ich glaubte, ihm antworten zu müssen, ich sei Venezianer.

»Also ein guter Freund der Franzosen, da Ihre Republik unter dem Schutz Frankreichs steht.«

Daraufhin erlaubte mir meine schlechte Laune nicht zu lachen. In einem Ton, den man anschlägt, wenn man jemand fühlen lassen will, wie leid er einem tut, erklärte ich ihm, meine Republik habe in den dreizehn Jahrhunderten ihres Bestehens nie den Schutz Frankreichs oder irgend eines anderen souveränen Staates nötig gehabt, und fügte hinzu:

»Wollen Sie mir nun zur Entschuldigung Ihrer

Unwissenheit antworten, dass es zwei Republiken Venedig auf der Welt gibt?«

(VI.11 f.)

*

So sagte mir mein Diener, es sei keine Kutsche mehr zu finden. La Tour d'Auvergne meinte, er könne mich, ohne dass es ihm Mühe mache, nach Hause bringen, obwohl in seinem Wagen nur Platz für zwei Personen sei.

»Meine Kleine«, sagte er, »wird sich auf uns setzen.«

Ich nahm natürlich an, und so waren wir also im Wagen, der Graf zu meiner Linken und Babet auf unseren Knien. Voll Verlangen gedachte ich, die Gelegenheit zu nutzen. Da der Kutscher schnell fuhr, ergriff ich, ohne Zeit zu verlieren, ihre Hand, drückte sie, fand Erwiderung; dankbar zog ich sie an den Mund und bedeckte sie mit stummen Küssen. In der Ungeduld, sie von meinem Feuer zu überzeugen, wurde ich dringlicher, wozu mich meine allerzärtlichsten Gefühle trieben; aber gerade im kritischen Augenblick hörte ich La Tour d'Auvergne sagen:

»Ich weiß Ihnen Dank, lieber Freund, für eine Höflichkeit, die in Ihrer Heimat üblich sein mag, deren ich mich aber nicht mehr für würdig erachtete; ich hoffe nur, dass es kein Versehen war.«

Auf diese niederschmetternden Worte hin tastete ich weiter und fühlte den Ärmel seines Anzuges.

(V.128)

*

Aber da stieß mir [in Pesaro, wo er auf der Wache festgehalten wurde, weil er seinen Pass nicht finden konnte] eines der seltsamsten Missgeschicke meines Lebens zu.

Als ich morgens gegen sechs Uhr hundert Schritte von der Wache entfernt spazieren ging, sah ich, wie ein Offizier von seinem Pferd stieg [...] und sich entfernte. Beeindruckt von der Ruhe, mit der das Pferd dastand [...], trat ich ohne jede weitere Absicht näher, ergriff den Zügel, setzte einen Fuß in den Steigbügel und schwang mich hinauf. Ich saß zum ersten Mal in meinem Leben auf einem Pferd. Ich weiß nicht, ob ich es mit meinem Stock oder mit meinen Absätzen berührt habe; jedenfalls schoss das Pferd, als es meine Fersen fühlte, [...] in vollem Galopp davon. Dabei presste ich ihm diese nur deshalb in die Weichen, um mich oben zu halten, denn ich hatte den rechten Fuß nicht einmal im Steigbügel. Der letzte vorgeschobene Posten befahl mir anzuhalten; aber diesen Befehl konnte ich wirklich nicht ausführen. Das Pferd rannte weiter. Ich hörte Gewehrschüsse, die mich verfehlten. Beim ersten vorgeschobenen Posten der Österreicher fing man mein Pferd ab, und ich dankte Gott, dass ich absteigen konnte. Der Husarenoffizier fragte mich, wohin ich denn so schnell wolle; ich antwortete, ohne zu überlegen, darüber könne ich nur dem Fürsten Lobkowitz Rechenschaft ablegen [...]. Der Offizier ließ nun rasch zwei Husaren aufsitzen, die mich auf einen anderen Gaul setzten, mich im Galopp nach Rimini brachten und mich dort vor den Offizier der Hauptwache führten, der mich sofort zum Fürsten bringen ließ.

[...] ich erzählte ihm die reine Wahrheit; er musste lachen, erklärte aber, das klinge alles sehr unwahrscheinlich. Eigentlich müsste er mich einsperren lassen, aber er wolle mir diesen Kummer ersparen. Er rief einen Adjutanten und befahl ihm, mich bis vor das Tor nach Cesena zu geleiten. Dann wandte er sich in Gegenwart des Offiziers an mich und sagte mir, von dort aus könne ich gehen, wohin ich wolle [...]. Ich fragte ihn, ob ich mein Pferd zurückhaben könne; er antwortete mir, das Pferd gehöre doch gar nicht mir.

(II.47 f.)

*

[Die Tänzerin Nina] war [...] gerade in Barcelona angekommen, als man sie wegen ihrer hübschen Gestalt als Figurantin in das Ballett aufnahm, denn tanzen kann sie nicht einen Schritt. Das einzige, was sie kann, ist ein Drehsprung, den man ›Rivoltata‹ nennt. Bei diesem Sprung erhielt sie zu ihrer Freude stets Applaus aus dem Parkett, denn man sah dabei ihre Hosen bis zum Gürtel. Nun muss man wissen, dass es in Spanien ein Theatergesetz gibt, das jede Tänzerin zu einer Strafe von einem Taler verurteilt, die dem Publikum bei einem ihrer Sprünge ihre Hosen zeigt. Nina, die nichts davon wusste, machte ihre ›Rivoltata‹, das Publikum klatschte, sie machte eine zweite, noch viel schönere, und nach Schluss des Balletts sagte ihr der Inspizient, dass sie am Ende des Monats wegen ihrer schamlosen Sprünge zwei Taler weniger erhalten werde. Sie schimpfte und fluchte, konnte aber nichts gegen das Gesetz tun. Wissen Sie, was sie am übernächsten Tag machte, um sich zu rächen? Sie trat ohne Hosen auf, machte ihre ›Rivoltata‹ mit gleichem Schwung und erregte damit im Parkett einen Sturm der Heiterkeit [...]. Graf Ricla hatte in seiner Bühnenloge alles noch besser gesehen als die andern und war gleichzeitig von Schrecken und Bewunderung erfüllt. Er sagte dem Inspizienten, [...] man müsse die kühne Gesetzesbrecherin exemplarisch und nicht nur mit einer Geldbuße bestrafen.

»Bringen Sie sie zunächst zu mir«, sagte er.

So trat also Nina mit ihrer frechsten Miene in die Loge des Vizekönigs und fragte ihn, was er von ihr wolle.

»Sie sind schamlos und lassen es an Achtung vor dem Publikum und vor den Gesetzen fehlen; Sie verdienen eine strenge Bestrafung.«

»Was habe ich denn getan?«

»Den gleichen Sprung wie vorgestern.«

»Das ist richtig, aber ich habe keineswegs gegen Ihre katalonischen Gesetze verstoßen, denn niemand kann behaupten, dass er meine Hosen gesehen hat. Um sicher zu sein, dass man sie nicht sehen wird, habe ich keine angezogen. Konnte ich mehr tun angesichts Ihres verwünschten Gesetzes, das mich unversehens schon zwei Taler gekostet hat? Antworten Sie mir.«

Der Vizekönig und alle würdigen Persönlichkeiten in seiner Umgebung mussten sehr an sich halten, um nicht zu lachen, denn wie Sie wissen, ist das Lachen der Würde dort abträglich. (XI.209 f.)

*

Ich hielt mich für verpflichtet, dem Fürsten [von Monaco …] meine Aufwartung zu machen.

»Ich freue mich, dass Sie gekommen sind«, sagte er eines Morgens, »denn ich habe der Herzogin von Ruffec versprochen, Sie zu ihr zu bringen; wir fahren gleich hin.«

Also noch eine Herzogin. Mehr begehrte ich

nicht. […] um elf Uhr vormittags waren wir bei der Herzogin. Ich erblickte eine Frau von sechzig Jahren, mit einem Gesicht voll Rouge, mit blaurotem Teint, mager, hässlich und verwelkt; sie saß in anstößiger Haltung auf einem Sofa und rief bei meinem Anblick aus:

»Ah, was für ein hübsches Bürschchen! Fürst, Du bist ein Schatz. Komm, setz dich her, mein junger Freund.«

Völlig verdutzt gehorchte ich und fühlte mich sogleich durch einen unausstehlichen Moschusgestank abgestoßen. Mein Blick fiel auf einen abscheulichen Busen, den das Scheusal zur Gänze zeigte; Schönheitspflaster verdeckten die zahlreichen Pickel. Wo war ich hingeraten? Der Fürst empfahl sich und sagte, er werde mir seinen Wagen in einer halben Stunde wieder schicken […].

Kaum war der Prinz fort, überfiel mich dieser Drache mit zwei geifernden Lippen, die sich mir zu einem Kusse boten, den ich vielleicht hätte hinunterschlucken müssen; aber im gleichen Augenblick fasste sie mit ihrer knochigen Hand dorthin, wonach ihre schändliche Seele in höllischer Tollheit gierte, und sagte:

»Lass mich sehen, hast du einen schönen …?«

»Mein Gott! Aber Madame!«

»Was, du willst nicht? Sei doch nicht kindisch!«

»Doch Madame, weil …«

»Was hast du?«

»Ich habe den Tr…«

»O du elendes Schwein!«

Wütend erhob sie sich und ich mich auch; ich machte, dass ich schnellstens zur Tür hinaus und aus dem Haus kam, aus Angst, der Türhüter könnte mich aufhalten. (III.182 f.)

*

Ich verbrachte meist auch die Abende in einem Café, wo man unter Offizieren recht gute Gesellschaft fand. Die Anwesenden ergötzten sich an den Prahlereien eines Provenzalen in Uniform, der von seinen militärischen Heldentaten erzählte, durch die er sich im Dienst verschiedener Mächte, besonders Spaniens, ausgezeichnet hatte. Um ihn bei Laune zu halten, tat man, als glaube man ihm alles. Da ich ihn gespannt anblickte, fragte er, ob ich ihn kenne.

»Bei Gott«, sagte ich, »wie sollte ich Sie nicht kennen, da wir doch zusammen in der Schlacht bei Arbela [in der Alexander der Große 331 v. Chr. die Perser besiegte] waren?«

Bei diesen Worten brach die ganze Gesellschaft in Gelächter aus. Aber der Maulheld sagte mit Schärfe, es gebe nichts zu lachen, da er dabei gewesen sei; nun glaube er auch, mich wiederzuerkennen. Er nannte mir nun das Regiment, in dem wir gedient hatten, und wir umarmten uns und beglückwünschten uns schließlich gegenseitig, uns hier in Parma wiedergefunden zu haben. [...]

Am folgenden Tag, als ich gerade [...] in meinem Zimmer bei Tisch war, kam der Maulheld herein und sagte, ohne den Hut abzunehmen.

»Signor d'Arbela, ich habe etwas Wichtiges mit Ihnen zu reden; machen Sie also rasch und kommen Sie mit mir hinaus. Wenn Sie Angst haben, nehmen Sie mit, wen Sie wollen; ich werde auch mit einem Dutzend fertig!«

Ich sprang rasch auf, ergriff meine Pistole und sagte, niemand habe das Recht, den Frieden meines Zimmers zu stören, er solle schleunigst verschwinden.

(III.120)

*

Ich stieg [in Ferrara] im Gasthof San Marco ab und folgte einem Diener, der mich zu meinem Zimmer führte, die Treppe hinauf. Heiteres Lachen hinter einer offenen Tür veranlasste mich, einen Blick in das Zimmer zu werfen. Zehn bis zwölf Personen saßen bei Tisch; [...] plötzlich fühlte ich mich durch den Ruf »Da ist er« zurückgehalten. Er kam von einer hübschen Frau; sie sprang auf, lief mit offenen Armen auf mich zu, umarmte mich und befahl:

»Schnell ein Gedeck für meinen lieben Vetter […]!«

Ein junger Mann kam auf mich zu, zu dem sie sagte:

»Habe ich Ihnen nicht gesagt, heute oder morgen muss er kommen?« […]

»Sie werden sicher großen Hunger haben«, sagte sie und trat mir dabei auf den Fuß, »hiermit stelle ich Ihnen meinen Bräutigam vor, meinen Schwiegervater und meine Schwiegermutter. […] Weshalb ist eigentlich meine Mutter nicht mit Ihnen gekommen?«

Das war der Augenblick, in dem ich endlich etwas sagen musste.

»Ihre Mutter, liebe Cousine, wird in drei oder vier Tagen hier sein.«

Ich musterte die Spitzbübin eingehend und erkannte schließlich Catinella, eine sehr bekannte Tänzerin, mit der ich noch nie im Leben ein Wort gewechselt hatte. Ich begriff, dass sie mich in einem Stück eigener Erfindung eine fingierte Person spielen ließ, die sie zur Lösung des Knotens brauchte. Aus Neugier, ob ich wohl der mir zugedachten Aufgabe gewachsen sei, ging ich gern darauf ein; ich war auch davon überzeugt, dass sie mich, zumindest insgeheim, durch ihre Gunst entschädigen werde. […] während ich aß, erläuterte sie mir den ganzen Knoten der Handlung […]. Ich erfuhr, dass ihre Hochzeit erst nach Ankunft ihrer Mutter stattfinden könne, die ihre Kleider und Diamanten nachbringen sollte, und dass ich, der ›Maestro‹, auf dem Wege nach Turin sei, um dort die Musik für die Oper aus Anlass der Hochzeit des Herzogs von Savoyen zu komponieren. […] Ohne die nächtliche Belohnung, die ich mir versprach, hätte ich der Gesellschaft gesagt, sie sei verrückt. Catinella mochte dreißig Jahre alt sein; sie war sehr hübsch und wegen ihrer Ränke bekannt. […]

Nach dem Kaffee sagte die Schwiegermutter, Signorina Catinella habe wohl mit mir Familienangelegenheiten zu besprechen, und man dürfe uns nicht stören; so blieb ich endlich mit der Ränkeschmiedin in dem Raum, den sie mir neben ihrem Zimmer zugedacht hatte, allein.

Sie ließ sich auf ein Sofa fallen und brach in ein hemmungsloses Gelächter aus. […]

»Ich bin schon seit zwei Monaten ohne einen Soldo hier«, erzählte sie; »ich habe nur ein paar Kleider und etwas Wäsche und hätte alles verkaufen müssen, um zu leben, wenn ich nicht dem Sohn des Wirtes den Kopf verdreht hätte. Ich redete ihm ein, ich würde seine Frau werden und ihm eine Mitgift von zwanzigtausend Scudi in Diamanten einbringen, die ich angeblich in Venedig hätte und die mir meine Mutter bringen sollte. […]«

»Sag mir bitte, wie du dir die Lösung dieses Schwankes vorstellst; ich ahne Schreckliches.«

»Ganz im Gegenteil, es wird sehr komisch werden. Ich erwarte hier einen Liebhaber, den Grafen von Ostein [...]. Sollte mein Freier sich unterstehen aufzumucken, verprügelt er ihn sicherlich, wird jedoch meine Zeche bezahlen; ich möchte aber weder, dass er ihn bezahlt, noch, dass er ihn verprügelt. Beim Abschied werde ich ihm ins Ohr flüstern, dass ich wiederkäme, und er wird beruhigt sein, denn ich werde ihm versprechen, ihn nach meiner Rückkehr zu heiraten.«

»Großartig! Du bist gescheit wie ein Engel, aber ich werde mit der Heirat nicht bis zu deiner Rückkehr warten; die ist jetzt gleich fällig.«

»Du bist ja verrückt! Warte doch wenigstens bis heute abend!«

»Ausgeschlossen, denn mir ist, als hörte ich bereits die Pferde deines Grafen. Kommt er nicht, so ist für die Nacht nichts verdorben.«

»Du liebst mich also?«

»Bis zur Raserei; aber auch ohne das verdiente dein Stück, dass ich dich vergöttere und es dir beweise. Komm schnell!«

»Warte. Riegele die Tür zu! Du hast recht. Es ist ein Zwischenspiel, aber ein sehr hübsches.« [...]

Gegen Abend [fuhr ...] eine Equipage mit sechs Pferden geräuschvoll an der Poststation vor [...]. Catinella [...] schob [mich] in mein Zimmer und schloss mich ein. Tatsächlich hielt die Berline vor dem Gasthof, und ich sah einen Herrn aussteigen, der viermal so dick war wie ich und sich auf zwei Diener stützte. Er kam herauf und trat in das Zimmer der Braut; mir blieb als einziger Zeitvertreib, dass ich bequem alle Gespräche belauschen und durch einen Spalt alles sehen konnte, was Catinella mit diesem gewaltigen Fleischberg trieb. (III.141–144)

*

Der Aufwand, den ich in ›Petite Pologne‹ [in Paris] trieb, machte mein Landhaus berühmt. Man sprach von den Tafelfreuden, die man dort genoss. In einem dunklen Zimmer ließ ich mit Reis Hühnchen mästen; sie waren weiß wie Schnee und von köstlichem Geschmack. Zu den Vorzügen der französischen Küche fügte ich noch hinzu, was alle übrigen Küchen Europas dem Feinschmecker an Gaumenkitzel bieten konnten. Meine Makkaroni ›al sugo‹, mein Reis, bald als Pilaf, bald als Risotto, und meine ›Olla podriga‹ machten von sich reden. Ich lud ausgewählte Gesellschaft zu erlesenen Mahlzeiten, bei denen meine Gäste sahen, dass meine Freude um so größer war, je besser es ihnen schmeckte. Damen von Stand und auch die galanten kamen am Vormittag, um sich mit jungen Neulingen, die sich nicht zu reden getrauten, in meinen Gärten zu ergehen, und ich tat, als sähe ich nichts; ich gab ihnen frische Eier und Butter, die die berühmte aus Vambre noch übertraf. Danach reichte ich Maraschino aus Zara, wie es ihn besser nirgends gab. Häufig überließ ich den unbewohnten Teil meines Hauses einer hochgestellten Persönlichkeit, die dort mit einer über jeden Verdacht erhabenen Dame soupierte. Dann wurde mein Haus sogar für mich selbst ein unbetretbares Heiligtum. Man wusste zwar, dass mir nichts verborgen blieb; aber die Dame war mir sehr dankbar dafür, dass ich überall, wo ich sie traf, vorgab, sie nicht zu kennen. (V.260 f.)

*

Da ich [in Stuttgart] im ›Bären‹ wohnte, speiste ich dort ganz allein, kleidete mich an und ging dann in die italienische ›Opera seria‹, für die der Fürst in dem schönen, von ihm erbauten Theater kostenlos aufführen ließ. Er saß inmitten seines Gefolges im Parterre vor dem Orchester. Ich setzte mich ganz allein in eine Loge im ersten Rang und freute mich, ohne jede Ablenkung der Musik des berühmten Jomelli lauschen zu können [...]. Als mir eine von einem berühmten Kastraten gesungene Arie sehr gefiel, klatschte ich. Eine Minute darauf kam ein Herr und redete auf Deutsch in unhöflichem Ton auf mich ein. Ich erwiderte nur die vier Worte, die besagen: »Ich verstehe kein Deutsch.« Er ging, und ein anderer kam, um mir auf Französisch zu sagen, es sei nicht erlaubt zu klatschen, wenn Seine Durchlaucht im Theater sei.

»Auch gut. Ich werde also kommen, wenn Seine Durchlaucht nicht da ist; denn wenn mir eine Arie gefällt, kann ich nicht anders als klatschen.«

Nach dieser Antwort wollte ich meinen Wagen holen lassen; aber da kam erneut der gleiche Offizier und sagte, der Herzog wünsche mich zu sprechen. Ich ging mit ihm ins Parterre.

»Sie sind also Monsieur Casanova?«

»Ja, Durchlaucht.« [...]

»Und sind Sie zum ersten Mal in Stuttgart?«

»Ja, Durchlaucht.«

»Gedenken Sie, länger hier zu bleiben?«

»Fünf bis sechs Tage, wenn Eure Durchlaucht gestatten.«

»Solange es Ihnen beliebt; es steht Ihnen auch frei zu klatschen.«

Bei der nächsten Arie klatschte der Herzog, und jedermann tat das gleiche; da mir jedoch die Arie nicht gefallen hatte, verhielt ich mich ruhig. (VI.78 f.)

*

Am nächsten Tag kam ich in Parma an, und als ich im Postgasthof Quartier nahm, gab ich den Namen Chevalier de Seingalt an, den ich noch heute trage;

denn sobald ein Ehrenmann einen Namen annimmt, den ihm niemand zu Recht bestreiten kann, ist er verpflichtet, ihn nicht mehr abzulegen. Ich führte ihn schon seit zwei Jahren, aber häufig setzte ich ihn hinter meinen Familiennamen. (VII.313)

*

Grausame Langeweile! Es kann nur auf Vergesslichkeit beruhen, wenn die Dichter sie unter den Höllenqualen nicht angeführt haben. (I.74, Vorrede)

Ausschnitt aus *Die Schaukel*, Ölgemälde
von Jean-Honoré Fragonard (1767/68)

# Der Intellektuelle und Literat

Wenn der Philosoph über das Endliche hinausgehen will, ist er verloren. (Sch.315)

*

Die kleine Reise [per Schiff von Venedig nach Padua im Alter von neun Jahren] dauerte acht Stunden. […] Das Bett war so niedrig, dass ich das Land nicht sehen konnte. Ich erblickte durch das Fenster nur die Wipfel der Bäume, mit denen die Ufer des Flusses durchweg gesäumt sind. […] Deshalb setzten mich die Bäume, die rasch vor meinen Augen vorbeizogen, in Erstaunen. »Ach, liebe Mutter!« rief ich. »Was ist denn los? Die Bäume wandern ja!« […] meine Mutter aber seufzte und sagte mitleidig zu mir: »Das Schiff bewegt sich und nicht die Bäume. […]«

Ich begriff augenblicklich, wie diese Erscheinung zustande kam, und mit meinem erwachenden und ganz unvoreingenommenen Verstand dachte ich folgerichtig weiter. »Dann ist es also möglich«, sagte ich zu ihr, »dass sich auch die Sonne nicht bewegt, sondern dass wir es sind, die von Westen nach Osten wandern.« Meine gute Mutter jammerte über so viel Dummheit […]. (I.87 f.)

Die Neuheit ist der Stachel in unserer Seele. (IV.195)

*

Der Mensch will zählen, und man könnte ihn recht gut als das zählende Lebewesen bezeichnen.

(E+E I.348)

*

Man behauptete, ich könne mein Glück nur machen, wenn ich Advokat, und was noch schlimmer ist, geistlicher Advokat werde, weil man fand, ich hätte die Gabe der Rede. Wäre man vernünftig gewesen, so hätte man mir den Willen gelassen, und ich wäre Arzt geworden, wo mit Scharlatanerie noch mehr zu erreichen ist als im Advokatenstand. Doch ich bin weder das eine noch das andere geworden; und das konnte auch nicht anders kommen. Es ist möglich, dass ich aus diesem Grunde nie Advokaten hinzuziehen wollte, wenn ich rechtliche Belange vor Gericht zu vertreten hatte, noch Ärzte, wenn ich erkrankt war. Das Prozessieren bringt mehr Familien an den Bettelstab, als es ernährt; und die Menschen, die von Ärzten umgebracht werden, sind viel zahlreicher als diejenigen, die genesen. Notwendiger Schluss ist also, dass die Welt weit weniger unglücklich wäre ohne diese beiden Sippschaften. (I.131 f.)

[Casanova erläutert in Paris einem jungen Mädchen, das er zur Tänzerin ausbilden lassen will, seine gefährlichen Grundsätze. Bei ›Philosoph‹ spielt im 18. Jahrhundert die Bedeutung ›Freigeist‹ mit.]

Ich kehrte um elf Uhr zurück, und da ich die Zimmertür der Vesian nur angelehnt fand, trat ich ein. Sie war im Bett.

»Ich werde aufstehen, denn ich möchte mit Ihnen sprechen.«

»Bleiben Sie im Bett, Sie können auch so mit mir sprechen. Ich finde Sie so viel schöner. [...] Was wollen Sie mir sagen?«

»Nichts, nur ein wenig über den Beruf reden, den ich ergreifen soll. Ich werde also Tugend üben, um den Mann zu finden, der sie nur liebt, um sie zu verderben.«

»So ist es. Glauben Sie mir, das ganze Leben ist so. Wir beziehen alles auf uns selbst, und jeder ist ein Tyrann. Das ist der Grund, weshalb der nachsichtige Mensch der beste ist. Ich sehe mit Freude, dass Sie im Begriff sind, eine Philosophin zu werden.«

»Was muss man dazu tun?«

»Man denkt.«

»Wie lange?«

»Das ganze Leben lang.«

»Man kommt also zu keinem Ende?«

»Niemals, aber man schlägt heraus, was man kann,

und man verschafft sich den Anteil an Glück, den man zu erleben fähig ist.«

»Und wie erfährt man dieses Glück?«

»Der Philosoph erlebt es in jeder Lust, die er sich verschafft und von der er weiß, dass er sie sich durch eigenes Bemühen verschafft hat, und dadurch, dass er alle Vorurteile über Bord wirft.«

»Was heißt Lust? Und was ist ein Vorurteil?«

»Lust ist das Erlebnis eines Sinnengenusses, ist die vollkommene Befriedigung, die man den Sinnen in allem gewährt, was sie begehren; und wenn diese erschöpft oder ermüdet nach Ruhe verlangen, um Atem zu holen oder neue Kräfte zu sammeln, dann fließt die Lust aus der Phantasie, die sich darin gefällt, über das Glück nachzusinnen, das der innere Friede gewährt. Ein Philosoph ist also, wer sich keine Lust versagt, außer wenn das nachfolgende Leid überwiegt, und wer stets neue zu ersinnen weiß.«

»Und Sie sagen, man müsse dazu die Vorurteile über Bord werfen. Was heißt Vorurteil, und was muss man tun, um sie über Bord zu werfen und die Kraft dazu zu haben?«

»Liebe Freundin, die Frage, die Sie mir stellen, ist die schwierigste der Moralphilosophie; ihr Studium dauert das ganze Leben. Ich möchte Ihnen jedoch ganz kurz sagen, dass man als Vorurteil jede vermeintliche Pflicht bezeichnet, die nicht in der Natur begründet ist.« (III.230–232)

[In Wolfenbüttel] wollte ich acht Tage bleiben und war sicher, mich nicht zu langweilen, denn dort befand sich die drittgrößte Bibliothek von Europa. Ich hatte schon lange den lebhaften Wunsch, sie in Muße zu besichtigen.

Ein höchst gelehrter Bibliothekar, dessen Höflichkeit mich umso mehr beeindruckte, als sie nicht übertrieben, noch im geringsten gekünstelt war, sagte mir bei meinem ersten Besuch, er werde mir einen Mann geben, der mir nicht nur in der Bibliothek alle verlangten Bücher heraussuchen, sondern sie mir auch in mein Zimmer bringen werde, einschließlich der Manuskripte, die den größten Schatz dieser berühmten Bibliothek bilden. In den acht Tagen, die ich dort verbrachte, verließ ich sie nur, um in mein Zimmer zu gehen, und verließ dieses nur, um in die Bibliothek zurückzukehren. [...] Ich lebte dort in vollkommenem Frieden, dachte weder an Vergangenheit noch an Zukunft und vergaß über der Arbeit die Gegenwart. Heute weiß ich, dass nur das Zusammentreffen ganz unbedeutender Umstände nötig gewesen wäre, um mich in dieser Welt zu einem wahrhaft Weisen zu machen; denn die Tugend hat mich stets mehr angezogen als die Laster. (X.61 f.)

*

Schlangen soll man nicht auch noch füttern.

(I.68, Vorrede)

*

[Aus einem der Gespräche zwischen Casanova und Voltaire:]

[Voltaire:] »Hätte Horaz gegen den Aberglauben kämpfen müssen, hätte er wie ich für jedermann geschrieben.«

[Casanova:] »Sie können sich, wie mir scheint, die Mühe sparen, den Aberglauben zu bekämpfen, denn es wird Ihnen nie gelingen, ihn auszurotten; und selbst wenn es Ihnen gelänge, sagen Sie doch bitte, wodurch Sie ihn ersetzen wollen.«

»So etwas habe ich gern! Wenn ich das Menschengeschlecht von einer wilden Bestie befreie, die es verschlingt, wie kann man mich da fragen, was ich an ihre Stelle setzen werde?«

»Sie verschlingt es nicht, sie ist im Gegenteil für seinen Bestand notwendig.«

»Da ich das Menschengeschlecht liebe, möchte ich es glücklich und frei sehen wie mich; der Aberglaube aber lässt sich nicht mit der Freiheit vereinen. Wo finden Sie, dass Knechtschaft ein Volk glücklich machen könnte?«

»Sie wollen also das Volk souverän sehen?«

»Gott bewahre. Nur einer soll regieren.«

»Also ist der Aberglaube notwendig, denn ohne ihn wird das Volk nie dem Monarchen gehorchen.«

»Ich will keinen Monarchen, denn dieser Name klingt mir nach Despotismus, den ich hassen muss wie die Knechtschaft.«

»Was wollen Sie also? Wenn Sie wünschen, dass ein einziger regieren soll, kann es nach meiner Meinung nur ein Monarch sein.«

»Ich will, dass er über ein freies Volk gebietet; er wäre also sein Oberhaupt, ohne dass man ihn einen Monarchen nennen könnte, denn jede Willkür wäre unmöglich.« […]

»Zwischen zwei Übeln muss man das kleinere wählen. Ein Volk ohne Aberglauben bestünde aus Philosophen; die Philosophen aber wollen nie gehorchen. Das Volk kann nur glücklich sein, wenn es niedergehalten, getreten und an die Kette gelegt wird.«

»Wenn Sie mich gelesen haben, werden Sie auch die Stellen gefunden haben, in denen ich beweise, dass der Aberglaube der Feind der Könige ist.«

»Und ob ich Sie gelesen habe! Gelesen und immer wieder gelesen, und hauptsächlich die Stellen, bei denen ich Ihre Ansichten nicht teile. Sie sind besessen von der Liebe zur Menschheit. ›Est ubi peccas‹ (Und darin liegt Ihr Fehler). Diese Liebe macht Sie blind. Wenn Sie die Menschheit lieben, müssen Sie sie lieben, wie sie ist. Sie ist für die Wohltaten, die Sie an sie verschwenden wollen, nicht empfänglich, und wird dadurch nur unglücklicher und böswilliger. Lassen Sie ihr die Bestie, die sie verschlingt, und an der sie hängt. (VI. 261–263)

*

Der König [von Polen] [...] war übrigens sehr gebildet und kannte die ganzen Klassiker [...]; er berichtete Anekdoten von alten römischen Schriftstellern und zitierte Scholiasten [Erklärer von antiker und frühchristlicher Literatur], dass es mir die Rede verschlug, und die seine Majestät vielleicht selbst erfand. Alle sprachen; ich war als einziger schlechter Laune, hatte nicht zu Mittag gespeist, aß nun wie ein Wolf und antwortete nur einsilbig, wenn die Höflichkeit es erforderte. Als die Rede auf Horaz kam und jeder ein oder zwei Sentenzen zitierte und seine Meinung über die tiefe Philosophie des großen Dichters der Vernunft äußerte, nötigte mich Abbé Ghigiotti zu einer Antwort, als er sagte, falls ich nicht seiner Ansicht wäre, dürfe ich nicht schweigen.

»Wenn Sie mein Schweigen als Bestätigung für den Vorzug auffassen, den Sie diesem Gedanken von Horaz vor vielen anderen geben«, sagte ich, »so gestatten Sie mir die Erklärung, dass ich weit scharfsinnigere in Bezug auf hohe Politik kenne, als Ihr ›nec cum venari volet poemata panges« (wenn der andere jagen will, so mache du keine Verse), das Ihnen so gefällt und im Grunde nur eine Satire ohne jede Feinheit ist.«

»Es ist schwer, Feinheit und Satire zu verbinden.«

»Nicht für Horaz, der gerade deswegen Augustus gefiel; das spricht sehr für diesen Monarchen, der durch die Förderung der Gelehrten seinen Namen unsterblich machte und gekrönte Häupter anspornte, sich zu seinen Nacheiferern zu erklären, indem sie seinen Namen, sogar in verschleierten Form, annehmen.« (X.180)

*

Im Verkehr mit Menschen muss man mit vertraulichen Geständnissen sparsam sein. Die Zahl der tatsächlichen Ereignisse, die man mit Stillschweigen übergehen muss, ist weit größer als die der erfundenen, die sich offen erzählen lassen. (II.148)

Obwohl diese Vestris sehr hübsch war, entzückte sie mich doch hauptsächlich durch die Beweglichkeit ihres Geistes und ihre Anmut, die sie zur geborenen Schauspielerin stempelten. Sie hatte nur einen Fehler, sie konnte das R nicht richtig aussprechen. [...] Als wir [...] von diesem kleinen Stück sprachen, in dem die Vestris die Hauptrolle [...] spielte, las sie die ihre auf allgemeine Bitte [...] vor.

»Ihr Spiel ist ausdrucksvoll«, sagte ich; »Sie spielen die Gefühle in so überzeugender Weise, dass man wetten würde, es seien Ihre eigenen Worte und nicht die eines andern. Wie schade, Madame, dass Ihre Zungenspitze mit dem R nicht fertig wird.« [...]

»Ein Mann, der mich liebt und mit ernster Miene ›wie schade‹ sagt, ist mir lieber als alle, die mir zu schmeicheln glauben, wenn sie es schön finden; aber es gibt kein Mittel dagegen.«

»Wie, Madame, kein Mittel? Ich habe ein unfehlbares in meiner Apotheke. Geben Sie mir eine Ohrfeige, wenn ich Sie morgen die Rolle nicht lesen lasse, ohne dass man Ihr Gebrechen merkt [...].«

»Einverstanden. Was muss ich tun?«

»Nichts anderes als mir das Manuskript zu einer Zauberei zu überlassen; ich scherze nicht.« [...]

Sie überließ mir die Rolle. [...] ich verbrachte sechs Stunden damit, die Rolle der Vestris abzuschreiben, ohne mehr zu ändern als den Bau der Sätze, um Worte ohne R verwenden zu können. [...] Ich änderte den Satz ›Das Verhalten dieses Mannes kränkt und ärgert mich; ich muss danach trachten, ihn loszuwerden‹, und setzte dafür ›Das Gehabe dieses Mannes beleidigt und peinigt mich; ich muss von ihm loskommen‹. Aus ›Er redet sich ein, ich wäre in ihn vernarrt‹, machte ich »Seine Überzeugung ist, ich liebe ihn‹. Und so verfuhr ich bis zum Schluss; dann schlief ich drei Stunden und zog mich wieder an. […]

Ich ging zur Vestris, und sie stand gleich auf. Ich gab ihr die von mir geschriebene Rolle, sie las sie, brach in Freudenschreie aus, rief ihren Gatten und schwor, sie werde nie mehr eine Rolle spielen, in der ein R vorkomme […]. (X.278–281)

*

Wohlerzogene Leute fällen niemals ein übereiltes Urteil. (VII.301)

*

Die Heilmittel gegen besonders schwere Krankheiten findet man nicht immer in Apotheken. (I.83)

*

Ein ins Gesicht geschriebener Empfehlungsbrief verliert nie seinen Wert. Wer Augen hat, honoriert ihn bei Vorlage. (VIII.289)

Am nächsten Tag fuhr ich vor dem Mittagessen nach Pisa in den Gasthof ›Zum Husaren‹ und blieb dort zwei Tage. Von einem Engländer kaufte ich einen sehr hübschen zweisitzigen Wagen, der außerdem noch zwei Klappsitze hatte. Dieser Engländer führte mich auch bei der berühmten Dichterin Corilla ein, die ich gern kennenlernen wollte. Mir zu Gefallen improvisierte sie, und mich entzückten nicht so sehr ihr Vortrag oder ihre Schönheit, als die hübschen Dinge, die sie in guten Versen und vollendetem Italienisch vortrug. Diese Frau war eine ›Straba‹ (eine Schielende), wie die Alten die Venus malten; den Grund habe ich nie recht einsehen können, denn eine schielende Göttin der Schönheit erschien mir immer völlig widersinnig. Wenn Corilla, so erzählte man, bei ihrem Vortrag ihre schielenden Augen auf einen der Anwesenden heftete, machte sie ihn unweigerlich verliebt. Gott sei Dank hat sie mich nicht allzu sehr angesehen; anscheinend wollte sie nichts von mir. (VII.189 f.)

*

[Das erste Gespräch mit Friedrich dem Großen von Preußen in Potsdam]

Ich ging hinaus, und kurze Zeit später erblickte ich ihn, gefolgt von seinem Vorleser Catt und einem hübschen Spaniel. Kaum hatte er mich bemerkt, kam er auf mich zu, lüftete mit spöttischer Miene seinen alten Hut, sprach mich mit meinem Namen an und fragte mich in abweisendem Ton, was ich von ihm wolle. Überrascht durch diesen Empfang stockte ich, blickte ihn an und wusste keine Antwort.

»Sprechen Sie doch! Haben Sie mir nicht geschrieben?«

»Ja, Majestät; aber ich besinne mich nicht mehr darauf. Ich habe geglaubt, der Glanz eines Königs würde mich nicht verwirren. [...]«

»Gehen wir ein wenig spazieren. [...] Was sagen Sie zu den Gärten?« [...]

Einem anderen hätte ich geantwortet, ich verstände nichts von Gärten; aber wenn ein König mich schon für einen Kenner hielt, hätte meine Bemerkung so ausgesehen, als wolle ich das ableugnen. Ich nahm also die Gefahr in Kauf, einen schlechten Geschmack zu verraten, und antwortete ihm, ich fände die Anlagen prächtig.

»Aber die Gärten von Versailles sind doch weit schöner«, sagte er.

»Ohne Zweifel, Majestät; aber nur durch die Wasserspiele.«

»Das ist richtig; aber wenn ich hier keine habe, ist das nicht meine Schuld. Ich habe dreihunderttausend Taler vergebens aufgewendet, um Wasser hierhin zu führen.«

»Dreihunderttausend Taler? Wenn Eure Majestät diese Summe auf einmal ausgegeben haben, müsste Wasser hier sein.«

»Ach, ich sehe, Sie verstehen sich auf den Wasserbau.«

Hätte ich sagen müssen, dass er sich täuschte? Ich hatte Sorge, mich unbeliebt zu machen. So senkte ich den Kopf, und das hieß weder ja noch nein. Aber dem König lag, Gott sei Dank, nichts daran, mit mir über dieses Fachgebiet zu reden, dessen Grundlagen mir unbekannt waren. [...]

»Aber sicherlich sind Sie ein Finanzmann. Sagen Sie mir, was Sie von der Steuer halten.«

[...] Angesichts seiner Art, sich zu geben, seiner Herausforderungen, seiner plötzlichen Gedankensprünge, glaubte ich mich zu einer Stegreifszene in einer italienischen Komödie herausgefordert, bei der das Parkett den Schauspieler auspfeift, der ins Stocken gerät. Ich setzte also die dünkelhafte Miene eines Finanzmannes auf und antwortete dem selbstbewussten König, ich könne ihm einen Vortrag über die Theorie der Steuern halten.

»Eben das will ich, denn die Praxis geht Sie nichts an.«

»Es gibt in bezug auf die Auswirkungen drei Arten von Steuern; die eine ist schädlich, die zweite leider notwendig und die dritte stets ausgezeichnet.«

»Das gefällt mir sehr. Sprechen Sie weiter.«

»Schädlich ist die königliche Steuer, notwendig die militärische, ausgezeichnet die gemeinnützige.«

»Was soll das alles heißen?«

Ich musste weitschweifig werden, denn ich fantasierte.

»Von königlicher Steuer, Majestät, spricht man, wenn der Monarch sie seinen Untertanen nur auferlegt, um seine Schatzkammern zu füllen.«

»Und sie ist immer schädlich, sagen Sie.«

»Ohne Zweifel, Majestät, denn sie stört den Geldumlauf, die Seele des Handels und die Grundlage des Staates.«

»Aber die militärische halten Sie für notwenig.«

»Ja, wenn auch mit Bedauern, denn der Krieg ist zweifellos ein Unglück.«

»Das mag sein. Und die gemeinnützige?«

»Stets ausgezeichnet, denn der König nimmt sie von seinen Untertanen mit der einen Hand und schüttet sie mit der anderen durch sehr nützliche Bauten und Maßnahmen, die ihr Glück vermehren, wieder in den Schoß.« (X.76–78)

*

Allen Geschichtswerken und Gesetzgebern zum Trotz ist die Politik die noch am wenigsten vollkommene Wissenschaft. Das liegt daran, dass unsere Prinzipien von den Fakten abhängen, die wir nur vom Studium der Geschichtsbücher kennen; aber wo gibt es gute Geschichtsbücher? [...] Wenn die Schreiber selbst Handelnde oder Augenzeugen der Ereignisse waren, [...] so verhüllen sie die Wahrheit aus Angst, aus Klugheit, aus Unfähigkeit oder aus Absicht.

(GK.62)

*

Wer in Bedrängnis ist, hält jeden plötzlichen Gedanken für eine Eingebung. (V.28)

*

Ein wirklich gebildeter Schriftsteller muss der Freund aller derer sein, die die Literatur lieben, und er ist das in Frankreich in noch höherem Grade als in Italien. In Deutschland gibt er sich geheimnisvoll und zurückhaltend; er hält sich allzu sehr für verpflichtet, keine Anmaßung zu zeigen, und erwirbt wegen dieses Vorurteils nicht die Freundschaft der Fremden, die ihn aufsuchen, um ihn aus der Nähe zu bewundern und von der Milch seiner Weisheit zu trinken. (XI.181)

Ein Mensch, der gewöhnt ist, Verse zu machen, kann sich unmöglich dieses Tuns enthalten, sobald ihm ein schöner Gedanke in den Sinn kommt. (I.349)

*

Rache ist ein großes Vergnügen, und wer es sich verschafft, kostet es mit Genuss aus; aber das Verlangen danach ist weniger erfreulich. Glücklich ist der Gleichmütige, dem der Hass fremd ist, und der nie an Rache denkt. (IX.383 f.)

*

[Österreichs Kaiser] Joseph II. [...] sprach mit Vorliebe zu allen, die sich durch seine Gedanken blenden ließen und ihm nichts zu erwidern wussten; wer aber durch richtige Überlegungen seine Rede entkräftete, den schalt er einen Pedanten. Er sagte mir vor sieben Jahren in Laxenburg über einen Mann, der Unsummen ausgegeben hatte, um einen Adelstitel zu erwerben, dass er alle verachte, die so etwas kauften. Ich antwortete, man müsste in erster Linie wohl die verachten, die solche Titel verkauften. Er wandte mir den Rücken [zu] und hielt mich nicht einmal mehr des Tons seiner Stimme für würdig. (III.266)

Kein Redner vermag eine Leidenschaft auszurotten.

(IV.325)

*

Jeder Mensch, der zum Urteil über moralische Möglichkeiten oder Unmöglichkeiten aufgerufen wird, hat recht, wenn er von nichts anderem ausgeht als von sich selbst; denn wenn er es ehrlich meint, kann er keine innere Kraft bei irgendjemand anderem anerkennen, wenn er nicht den Keim dazu in sich selbst fühlt. Was ich über diese Frage in mir selbst finde, ist, dass der Mensch mit Hilfe großer Übung fähig werden kann, Schmerzensschreie zu unterdrücken und gegen den Impuls der unmittelbaren Reaktionen stark zu bleiben. Darin liegt der Kern. Das ›abstine et sustine‹ (verzichte und dulde) kennzeichnet den guten Philosophen; aber der leibliche Schmerz, der einen Stoiker befällt, wird nicht geringer sein als der, der einen Epikureer quält, und der Kummer wird peinigender für den, der ihn verbirgt, als für den, der sich durch Klagen eine wirkliche Erleichterung verschafft. Ein Mensch, der von einem Ereignis unberührt erscheinen will, das auf sein Befinden Einfluss hat, tut nur so als ob, wenn er nicht schwachsinnig oder toll ist. Wer sich vollkommenen Gleichmutes rühmt, lügt, und ich bitte Sokrates tausendmal um Entschuldigung. Ich werde Zenon alles glauben, wenn er mir beweisen kann, dass er das Geheimnis gelöst hat, ein natürliches Erbleichen, Erröten, Lachen und Weinen zu unterdrücken. (IV.280 f.)

*

Ihr wisst, dass von allen Menschen jene die gebildetsten sind, die auf die rechte Weise zu zweifeln vermögen. (E+E I.45)

*

Das Volk ist überall von der gleichen Art. Gebt einem Diebsgesellen sechs Francs, damit er schreit: »Es lebe der König«, so wird er euch den Gefallen tun; für drei Francs wird er einen Augenblick später »Tod dem König« schreien. Setzt einen Rädelsführer an die Spitze, so reißt das Volk am nächsten Tag eine Marmorfestung nieder. Es hat weder Gesetze, noch klare Pläne, noch Religion; seine Götter sind Brot, Wein und Faulenzen. Es glaubt, Freiheit bedeute Straflosigkeit, ein Aristokrat sei ein Bluthund und ein Demagoge sei ein Hirte, der seine Herde liebt. Im Grund ist das Volk nur ein unvernünftiges Tier von ungeheurer Größe. (III.205)

*

Die Stimme des Volkes vermag nur Dummköpfe zu unterhalten. (III.135)

*

Die Hoffnung, der man so viel Gutes nachrühmt, ist im Grunde eine Schmeichlerin, die der Vernunft nur deshalb genehm ist, weil sie ein Besänftigungsmittel braucht. Glücklich die Menschen, die sich des Lebens freuen, ohne der Hoffnung oder der Voraussicht zu bedürfen. (II.243)

*

Es ist unmöglich, ein Vergnügen richtig zu genießen, dem nicht irgendeine Mühe vorausgegangen ist; wahres Vergnügen erwächst nur aus erduldetem Leid. (II.146 f.)

*

Ich nahm mir das Buch ›De l'Esprit‹ von Helvétius in den Wagen mit, das zu lesen ich noch nicht Zeit gehabt hatte. Nach seiner Lektüre war ich weit mehr überrascht über das Aufsehen, das es verursachte, als über das Parlament, das es verboten und alles getan hatte, um den Verfasser zugrunde zu richten, der ein sehr liebenswürdiger Mensch war und viel mehr Esprit besaß als sein Buch. [...] Wenn Helvétius weiterhin in Frankreich leben wollte, musste er widerrufen. Er stellte das angenehme Leben, das er dort führte, über seine Ehre und über sein eigenes System, das heißt, über seinen eigenen Geist. Seine Frau, die mehr Seelengröße hatte als ihr Mann, war eher geneigt, ihr ganzes Hab und Gut zu verkaufen und nach Holland zu ziehen, als den entehrenden Widerruf auf sich zu nehmen; ihr Mann jedoch glaubte, alles einer Verbannung vorziehen zu müssen. Er wäre vielleicht dem Rat seiner Frau gefolgt, wenn er hätte ahnen können, dass er durch diese Zurücknahme sein Buch zu einer Narrenposse machen würde. [...] Aber mehrere gute Köpfe warteten nicht auf diese Selbstverleugnung, um sein System zu verdammen. Mit Recht! Wenn der Mensch in allen seinen Handlungen der Sklave seines eigenen Interesses ist, so folgt daraus, dass jedes Gefühl der Dankbarkeit lächerlich wird, und dass keine Handlung uns als Verdienst oder Verschulden angerechnet werden kann! Man hätte keinen Grund, die Schufte zu verachten oder die ehrlichen Menschen zu schätzen! Ein armseliges System!

Man hätte Helvétius beweisen können, dass die Behauptung, unser eigenes Interesse sei in allem, was wir tun, unser erster Beweggrund und müsse als erstes zu Rate gezogen werden, falsch ist. Helvétius leugnet damit die Tugend, und das ist eigenartig, denn er selbst war überaus tugendhaft. Sollte es möglich sein, dass er sich persönlich nie als ehrenhaften Menschen angesehen hat? Es wäre wirklich seltsam, wenn ihn nur ein Gefühl der Bescheidenheit dazu bestimmt hätte, sein Buch herauszugeben. Hatte er recht, sich verächtlich zu machen, um dem Makel des Stolzes zu entgehen? Die Bescheidenheit ist nur dann eine Tugend, wenn sie natürlich ist; wird sie vorgetäuscht oder beruht sie ausschließlich auf Erziehung, so ist sie nur Heuchelei. (V.297 f.)

*

[Als Ritter des goldenen Sporns war Casanova berechtigt, sich ›Cavaliere‹ oder ›Chevalier‹ zu nennen. In Augsburg wurde er durch einen der beiden Bürgermeister bezüglich seines Beinamens verhört:]

»Warum führen Sie einen falschen Namen?« […]

»Mein Name ist nicht falsch.« […]

»Sie heißen doch Casanova und nicht Seingalt; was soll dieser zweite Name?«

»Ich führe diesen Namen, oder besser gesagt, ich habe ihn angenommen, weil er der meine ist. Er gehört mir mit so vollem Recht, dass ich ihn jedem, der ihn zu tragen wagte, alle Zeit und auf jede Weise streitig machen würde.«

»Und wieso gehört Ihnen dieser Name?«

»Weil ich sein Schöpfer bin; doch das hindert nicht, dass ich auch Casanova bin.«

»Entweder der eine oder der andere; Sie können nicht zwei Namen zugleich haben.«

»Die Spanier und die Portugiesen haben oft ein halbes Dutzend.«

»Aber Sie sind weder Portugiese noch Spanier; Sie sind Italiener. Außerdem, wie kann man der Schöpfer eines Namens sein?«

»Das ist die einfachste und leichteste Sache von der Welt.«

»Erklären Sie mir das.«

»Das Alphabet ist jedermanns Eigentum; das ist unbestreitbar. Ich habe acht Buchstaben genommen und sie so zusammengestellt, dass sie das Wort Seingalt ergeben haben. Dieses neu gebildete Wort hat mir gefallen, und ich habe es zu meinem offiziellen Namen erwählt, in der festen Überzeugung, dass niemand es vor mir geführt hat und daher auch niemand das Recht hat, es mir streitig zu machen, geschweige denn, es ohne meine Zustimmung zu führen.«

»Das ist eine recht ausgefallene Idee, und Ihre Beweisführung ist eher trügerisch als begründet; Sie können doch nur den Namen Ihres Vaters tragen.«

»Da sind Sie, wie ich meine, im Irrtum, denn auch den Namen, den Sie selbst als Erbteil führen, hat es nicht von aller Ewigkeit her gegeben. Einer Ihrer

Vorfahren musste ihn sich ausdenken, ohne ihn von seinem Vater übernommen zu haben, außer Sie würden sich Adam nennen. Das geben Sie doch zu, Herr Bürgermeister?«

»Ich muss wohl, aber das ist mir neu.«

»Sie irren sich. Das ist keineswegs neu, sondern eine sehr alte Sache, und ich mache mir anheischig, Ihnen morgen eine Unmenge von Namen zu nennen, die sich sehr ehrenwerte und noch lebende Leute ausgedacht haben und ungestört tragen, ohne dass es jemandem einfällt, sie deshalb ins Rathaus vorzuladen und zur Rechenschaft zu ziehen, außer sie verleugnen ihn zum eigenen Nutzen und zum Schaden der Gesellschaft.«

»Aber Sie wissen doch selbst, dass es ein Gesetz gegen falsche Namen gibt?«

»Ja, gegen falsche Namen; aber ich wiederhole Ihnen, dass nichts richtiger ist als mein Name. Der Ihre, den ich achte, ohne ihn zu kennen, kann nicht richtiger sein als der meine; denn es ist möglich, dass Sie gar nicht der Sohn dessen sind, den Sie für Ihren Vater halten.«

Er lächelte, erhob sich, geleitete mich zur Tür und sagte, er werde sich über mich bei Herrn Carli [Casanovas Bankier] erkundigen. (VIII.46 f.)

*

Man muss die Leute reden lassen. (X.83)

*

Eine Meinung, die der eines anderen widerspricht, stempelt diesen nicht zum Dummkopf. (II.130 f.)

*

Der Mensch kann nur glücklich sein, wenn er sich des Glückes bewusst wird, und das gelingt ihm nur im Zustand der Ruhe. Ohne die Ruhe wäre er niemals glücklich. Die Freuden müssen also, um Freuden zu sein, einmal enden. Was will man mit dem Wort dauerhaft also sagen? Jeden Tag kommt der Augenblick, in dem wir den Schlaf herbeisehnen und über alle anderen Freuden stellen; und der Schlaf ist das getreue Abbild des Todes. Wir können ihm erst dankbar sein, wenn er uns verlassen hat.

Wer sagt, niemand könne sein Leben lang glücklich sein, spricht [...] ohne Überlegung. Die Philosophie lehrt uns den Weg zum Erlangen des Glücks, falls der Mensch, der danach strebt, von Krankheit verschont bleibt. Ein solches Glück, das ein Leben lang dauern würde, könnte man mit einem Strauß vergleichen, dessen verschiedene Blumen eine so schöne und wohlabgestimmte Mischung ergeben, dass man ihn für eine einzige Blume halten würde. (III.90)

*

Nichts hat je eine stärkere Macht auf mich ausgeübt als ein schönes weibliches Gesicht, selbst das eines Kindes. Das Schöne, behauptet man, besitze diese Kraft. Zugegeben, denn das, was mich anzieht, erscheint mir sicherlich schön; aber ist es wirklich schön? Ich muss es bezweifeln, denn was mir schön erscheint, wird durchaus nicht immer von allen so empfunden. Die vollendete Schönheit existiert also nicht, oder sie hat doch für sich allein nicht diese Kraft. Alle, die je von Schönheit gesprochen haben, retteten sich in Ausflüchte; sie mussten sich an die Bezeichnung halten, die Griechen und Römer ihr gegeben haben: Form. Schönheit ist also nichts anderes als Form schlechthin. Was nicht schön ist, hat keine Form, und ist ›formlos‹ im Gegensatz zu ›pulcrum‹ (schön) oder ›formosum‹ (wohlgeformt). Wir versuchen mit Recht, Dinge begrifflich festzulegen; aber wenn die Definition schon durch ihren Namen gegeben ist, warum sollten wir diese dann anderswo suchen? [...]

Was also über mich stets eine absolute Herrschaft ausübte, war die beseelte Schönheit einer Frau, und das heißt die Schönheit ihres Gesichts. Dort liegt ihr ganzer Reiz [...]. Ich weiß nur, dass der äußere Anblick, der mich bezaubert, der mich entzückt und mich verliebt macht, Schönheit genannt wird. Sie wirkt auf unseren Gesichtssinn, und für ihn spreche ich. [...]

Kein Künstler hat je schönere Gesichter gemalt, als Raffael sie mit seinem Pinsel schuf. Aber hätte man Raffael gefragt, worin diese Schönheit bestehe, dann hätte er geantwortet, er wisse nichts darüber; er schaffe sie unbewusst und glaube sie zuwege gebracht zu haben, wenn er sie vor sich sehe. [...] Er musste Gott danken, mit einem hervorragenden Sinn für das Schöne geboren zu sein. Aber ›omne pulcrum difficile‹ (alles Schöne ist schwierig). Geschätzt werden nur die Maler, die besondere Schönheit schufen; ihre Zahl ist gering. Wollten wir einen Maler von der Verpflichtung freisprechen, seinen Werken die Wesenszüge der Schönheit zu verleihen, dann könnte jeder Mensch Maler werden; denn nichts ist leichter, als Hässliches zu schaffen. Der Maler, der nicht als solcher von Gott mit Fähigkeiten ausgestattet ist, muss darum ringen. Wie selten finden wir doch einen guten Maler unter jenen, die sich der Aufgabe widmen, Porträts zu malen. Dabei ist es das gegenständlichste Genre ihrer Kunst. Es gibt drei Arten. Jene, die ähnlich, aber hässlicher malen; sie verdienen meiner Meinung nach, mit Stockschlägen belohnt zu werden, denn sie sind unverschämt und werden nie zugeben, die Person hässlicher oder weniger schön gemacht zu haben. Andere, denen man ein gewisses Verdienst nicht absprechen kann, malen durchaus ähnlich, ja sogar in solchem Maße, dass man über die sprechende Ähnlichkeit staunt.

Aber selten, ja sogar sehr selten sind jene, die vollendet ähnlich malen und gleichzeitig noch dem Gesicht, das sie im Bild darstellen, unmerklich Schönheit verleihen. Diese Maler verdienen das Vermögen, das sie sich erwerben. (VI.227–229)

*

Prunkvoll aufzutreten ist das einzige Mittel, mit dem die Hässlichen der Schönheit Widerpart leisten können. (XI.187)

*

Der Schritt von der Schönheit zur Hässlichkeit ist sehr klein, viel kleiner als der von der Hässlichkeit zur Schönheit. (XI.311)

*

Es steht außer Frage, dass eine edle Seele es nie fassen wird, sie könne nicht frei sein. Und dennoch, wer ist in dieser Hölle, die man die Welt nennt, wirklich frei. Niemand. Nur der Philosoph kann es sein, aber durch Opfer, die des Phantoms Freiheit vielleicht nicht wert sind. (X.264)

Casanova im Alter von 35 Jahren,
Gemälde von Anton Raphael Mengs (1760)

## Der Reisende und Gast

Man kann nirgends mehr auf Erden reisen, Sire, weder zu Wasser noch zu Land, ohne dass man jede Stunde auf jemanden stößt, der Geld will. (Sch.247)

*

Der Mensch, der dazu berufen ist, in [Rom] sein Glück zu machen, muss wie ein Chamäleon alle Farben annehmen können, die das Licht dort zurückstrahlt. Er muss geschmeidig sein, aalglatt, ein großer Verstellungskünstler, undurchdringlich, zuvorkommend, oft niederträchtig, anscheinend aufrichtig, stets bestrebt, weniger zu sagen, als er weiß, und wenn er spricht, nur im angemessenen Ton, geduldig, selbstbeherrscht, kalt wie Eis, auch dann, wenn ein anderer an seiner Stelle in Hitze geriete; und wenn er zu seinem Unglück die Religion nicht im Herzen hat, muss er sie im Verstand haben und, wenn er ein Ehrenmann ist, stillschweigend die Kränkung hinnehmen, sich selbst als Heuchler zu erkennen. Graut ihm vor dieser Rolle, muss er Rom verlassen und sein Glück in England versuchen. (I.308)

*

Ich hörte [in einem Kaffeehaus in Rom], wie ein junger Abate mit lauter Stimme eine wahre oder erfundene Begebenheit erzählte, die unmittelbar, doch ohne Gehässigkeit, die Rechtsprechung des Heiligen Vaters angriff. Alles lachte und stimmte ihm bei. Einer wurde gefragt, weshalb er den Dienst beim Kardinal B. aufgegeben habe, und gab zur Antwort, Seine Eminenz fühle sich nicht verpflichtet, ihn zu bezahlen, abgesehen für gewisse außerordentliche Dienstleistungen, die er in der Nachtmütze forderte. Das Gelächter war allgemein. Einer sagte zu Abate Gama, wenn er den Nachmittag in der Villa Medici verbringen wolle, werde er ihn dort in Gesellschaft von zwei jungen römischen Mädchen finden, die sich mit einem quartino zufriedengäben. [...] Einer trug ein aufrührerisches Sonett gegen die Regierung vor, das sich etliche abschrieben. Einer las ein selbstverfasstes satirisches Gedicht, das die Ehre einer Familie zerstörte. Ich sah einen sympathisch aussehenden Abate hereinkommen. Seine Hüften und Schenkel ließen mich glauben, er sei ein verkleidetes Mädchen; das sagte ich zu Abate Gama, und er erwiderte, das sei Beppino della Mammana, ein berühmter Kastrat. Er winkte ihn herbei und erzählte ihm lachend, ich hätte ihn für ein Mädchen gehalten. Der Unverschämte musterte mich und sagte, wenn ich die Nacht mit ihm verbringen wolle, werde er mir gleichermaßen als Mädchen wie als Knabe aufwarten. (I.317)

Ich war also in Orsara von Bord gegangen [...]. Bald fiel mir ein Mann mit biederer Miene auf, der stehen blieb und mich aufmerksam betrachtete. Da er gewiss keiner meiner Gläubiger war, glaubte ich, dass ihn mein Aussehen interessiere. Daran konnte ich nichts Schlechtes finden und wollte schon weitergehen, als er mich ansprach.

»Dürfte ich Sie fragen, [...] ob Sie zum erstenmal in dieser Stadt sind?«

»Nein, ich war schon einmal hier.«

»Doch sicher im vergangenen Jahr?«

»Tatsächlich.«

»Aber Sie trugen damals keine Uniform.«

»Auch das ist richtig; aber Ihre Neugier scheint mir etwas zu weit zu gehen.«

»Sie müssen sie mir nachsehen, denn sie entspringt nur meiner Dankbarkeit. Sie sind der Mann, dem ich in höchstem Maße verpflichtet bin, und ich muss annehmen, dass Gott Sie ein zweites Mal in diese Stadt geschickt hat, um mich Ihnen noch mehr zu verpflichten.«

»Was habe ich denn für Sie getan, und was könnte ich noch tun? Ich habe keine Ahnung.«

»Kommen Sie doch gütigst zum Frühstück mit mir in mein Haus. [...] ich werde Sie mit wenigen Worten davon überzeugen können, dass Sie wirklich mein Wohltäter sind und ich zu Recht hoffen darf, dass Sie nur zu neuen Wohltaten hierher zurückgekehrt sind.«

Da ich nicht den geringsten Anlass hatte, diesen Mann für verrückt zu halten, [...] ließ [ich] mich in sein Haus führen. [...]

»Ich bin Wundarzt«, [sagte] er. »Seit zwanzig Jahren wohne ich in dieser Stadt, und ich lebte kümmerlich, denn meine berufliche Tätigkeit bestand nur darin, Leute zur Ader zu lassen, Schröpfköpfe aufzusetzen, Schrammen zu heilen oder einen verrenkten Fuß einzurichten. Was ich verdiente, reichte nicht zum Leben; aber seit dem vergangenen Jahr hat sich alles zum Besseren gewendet. Ich habe viel Geld verdient [...] und Ihnen verdanke ich mein Glück. Gott segne Sie!«

»Wie ist das möglich?«

»[...] Sie haben der Haushälterin von Don Geronimo ein galantes Geschenk hinterlassen, sie hat es einem Freund weitergegeben, und dieser hat es in gutem Glauben mit seiner Frau geteilt. Die Frau ihrerseits hat es einem Libertin übermittelt, der es so großzügig austeilte, dass sich in weniger als einem Monat annähernd fünfzig Patienten meiner ärztlichen Kunst anvertrauten; weitere kamen in den folgenden Monaten, die ich alle heilte. Selbstverständlich ließ ich mich dafür gut bezahlen. Einige behandle ich heute noch; aber in einem Monat wird niemand mehr kommen, denn die Krankheit ist erloschen. Als ich Sie sah, konnte ich nicht umhin, mich zu freuen. Ihr Auftauchen erschien mir wie eine gute Vorbedeutung. Kann ich darauf hoffen, dass Sie einige Tage hier bleiben werden, um mein Glück zu erneuern?«

(II.72 f.)

*

Gut gefiel mir in der französischen Oper [in Paris] die Exaktheit beim Szenenwechsel auf ein Pfeifsignal hin, auch der Einsatz des Orchesters mit dem gleichen Bogenstrich. Aber der dirigierende Komponist mit seinem Stab in der Hand und seinen heftigen Bewegungen nach rechts und links, als müsse er die einzelnen Instrumente durch Zugleinen betätigen, stieß mich ab. Ich empfand es auch als angenehm, dass alle Zuschauer still waren. In Italien ist man mit Recht über den unverschämten Lärm empört, der während des Gesanges herrscht; dort muss man dann über das andächtige Schweigen lachen, das man beim Auftritt des Balletts wahrt. Es gibt keinen Ort auf der ganzen Welt, an dem ein Fremder nicht irgendwelche Seltsamkeiten beobachten kann; den Einheimischen fallen sie allerdings nicht auf. (III.178 f.)

*

Sie würden nicht glauben, was für gutgläubige Leute die Pariser sind. Sie sind in dem einzigen Land der Welt, wo man mit Esprit sein Glück machen kann, ob er sich nun durch wirkliche Leistungen beweist und deshalb bei den Intellektuellen Widerhall findet, oder ob er sich durch Falschmünzerei Beachtung verschafft und dann von der Dummheit belohnt wird. Diese Dummheit ist charakteristisch für die ganze Nation, und erstaunlicherweise ist sie eine Tochter des Esprit, so dass es kein Paradox ist zu behaupten, die französische Nation wäre gescheiter, wenn sie weniger Esprit besäße. (III.164)

*

Ich ließ mich zum Palais Royal führen [...]. Ich war schon neugierig auf diese so viel gepriesene Promenade und begann sogleich, alles zu betrachten. Ich sah einen recht schönen Garten, Alleen mit großen Bäumen, Wasserbecken, und ringsum hohe Häuser. Viele Herren und Damen spazierten umher; da und dort gab es Stände, an denen man neue Flugschriften, Riechwässer, Zahnstocher und allerlei Tand verkaufte. Man vermietete strohgeflochtene Stühle für einen Sou; ich sah Zeitungsleser im Schatten der Bäume sitzen, Mädchen und Männer, die allein oder in Gesellschaft frühstückten, Kellner, die geschäftig eine kleine, hinter einer Buchenhecke verborgene Treppe auf und ab liefen. Ich setzte mich an einen kleinen freien Tisch, und ein Kellner fragte mich nach meinen Wünschen; ich bestellte Schokolade ohne Milch, und er brachte mir ein abscheuliches Zeug in einer silbernen Tasse. Ich ließ es stehen und sagte dem Kellner, er solle mir Kaffee bringen, wenn er gut sei.

»Er ist ausgezeichnet, ich habe ihn gestern selbst zubereitet.«

»Gestern? Dann will ich ihn nicht.«

»Aber die Milch darin ist ausgezeichnet.«

»Milch? Die trinke ich nie. Machen Sie mir rasch eine Tasse Kaffee mit Wasser.«

»Mit Wasser? Den machen wir erst nach dem Essen.« (III.161 f.)

*

Um fünf Uhr früh, ich war in der Postkutsche eingeschlafen, rüttelte man mich wach. Ich war am Tor der Stadt Amiens, und der mich geweckt hatte, war ein Angestellter des Büros, bei dem man den Zoll für die Durchfuhr gebührenpflichtiger Ware bezahlt. Der Mann fragte mich, ob ich etwas hätte, das gegen die königliche Order sei. Übel gelaunt wie jeder, den so ein Schafskopf des süßen Schlummers beraubt, um ihm lästige Fragen zu stellen, antwortete ich ihm mit einem Sakr…, ich hätte nichts, und der Sch… hätte mich schlafen lassen können.

»Da Sie den Grobian spielen«, versetzte er, »werden wir eben nachsehen.«

Er gebot dem Postillion, in den Hof zu fahren, ließ meine Koffer abschnallen, hieß mich aussteigen, [...] und zwang mich zu warten, bis man alles durchsucht habe. [...] Da ich nichts hatte, war ich mit Grund sorglos; aber mein Aufbrausen würde mich zwei Stunden Scherereien kosten, und ich würde in stiller Wut zusehen müssen, wie diese Halunken ihr Recht ausnützten. Ich las die Freude an der Rache auf ihren frechen Gesichtern. Die Angestellten, die damals in Frankreich an den Toren der Städte die Kontrolle der Reisenden besorgten, waren der Abschaum des übelsten Gesindels [...]. Eine Münze von vierundzwanzig Sou zur rechten Zeit ließ sie gesittet werden [...]. Ich wusste es, aber es gibt Augenblicke, in denen der Mensch seiner Laune folgt [...].

Die Quälgeister leerten meine Koffer und nahmen alles, sogar meine Hemden, auseinander [...]. Nachdem sie alles durchwühlt hatten, gaben sie mir die Schlüssel zurück; aber noch war nicht alles vorüber. Man wollte noch die Kutsche überprüfen. Der Spitzbube, der sie durchsuchte, brach in Siegesgeschrei aus, als er den Rest von einem Pfund Tabak fand [...]. Der Anführer der Bande ordnete mit triumphierender Stimme an, dass der Wagen beschlagnahmt sei und ich zwölfhundert Franken Geldstrafe zu bezahlen habe.

Da riss mir plötzlich die Geduld, und ich überlasse es dem Leser zu erraten, was ich diesen Bütteln alles sagte. Ich verlangte, zum Intendanten geführt zu werden, aber sie erwiderten, wenn ich wolle, könne ich ja hingehen. Umringt von zahlreichem Gesindel, […] stürmte ich mit großen Schritten wie ein Tobsüchtiger in die Stadt. Ich trat in den ersten Laden, den ich offen fand, und bat den Inhaber, mich zum Intendanten bringen zu lassen. Ich schilderte die Sachlage, und ein vertrauenerweckender Mann, der zugegen war, bot sich an, mich selbst hinzuführen; allerdings würde ich ihn nicht antreffen, denn man habe ihn sicher bereits unterrichtet. Er sagte, ich könne mir die Sache schwerlich vom Halse schaffen, wenn ich nicht bezahlen oder Kaution stellen würde. Ich bat ihn, mich hinzuführen und mir das weitere zu überlassen. Er meinte, zuerst müsse ich das Gesindel loswerden, indem ich einen Louis an ein abgelegenes Wirtshaus schicke und den Leuten sage, sie sollten dorthin frühstücken gehen. Ich gab ihm einen Louis und bat ihn, mir diesen Gefallen zu tun. Er entledigte sich vorzüglich des Auftrages, und das Gesindel verschwand unter Freudengeschrei. Solcherart ist das Volk, das sich heute als Herrscher von Frankreich fühlt. Der Mann, der mich zum Intendanten führen wollte, war, wie er sagte, von Beruf Staatsanwalt.

Wir gelangten zum Haus des Intendanten, aber der Pförtner sagte uns, er sei allein ausgegangen […].

»Da haben wir es«, sagte der Staatsanwalt, »der Tag ist verloren.«

»Gehen wir ihn suchen [...]. Ich gebe Ihnen einen Louis für den Tag.« [...]

Wir verbrachten vier Stunden damit, ihn in zehn oder zwölf Häusern vergeblich zu suchen. [...] Man hörte mich an und bedauerte mich [...].

Um halb zwei führte mich der Staatsanwalt zu einer alten Dame, die in der Stadt großes Ansehen genoss. Sie war ganz allein bei Tisch und hörte mich aufmerksam an; dann sagte sie mit der größten Ruhe, sie glaube keine Indiskretion zu begehen, wenn sie einem Fremden sage, wo sich ein Mann aufhalte, der kraft seines Amtes stets erreichbar bleiben müsste. »[...] Meine Tochter sagte mir gestern Abend, sie sei bei Madame XX eingeladen, und der Intendant sei ebenfalls dort zum Essen. [...] Sprechen Sie ihn dort gegen seinen Willen an, obwohl Sie ihn nicht kennen; er wird die ganze schreckliche Geschichte hören [...]. Es tut mir leid, dass ich bei diesem schönen Auftritt nicht selbst zugegen sein kann.«

Rasch verneigte ich mich vor ihr und lief mit dem Staatsanwalt [...] zu dem angegebenen Haus. Ohne die geringste Schwierigkeit gelangte ich [...] in einen Saal, wo ich zwanzig Personen in fröhlicher Runde bei Tisch sitzen sah.

»Entschuldigen Sie, meine Damen und Herren«, rief ich, »dass ich gezwungen bin, in dem abschreckenden Zustand, in dem Sie mich sehen, den Frieden und die Heiterkeit Ihres Mahles zu stören.«

Auf diese mit Donnerstimme ausgesprochene Begrüßung hin sprang alles von den Sitzen auf. Meine Haare waren zerzaust, ich war in Schweiß gebadet, mein Gesicht war teuflisch verzerrt. [...]

»Ich suche«, fuhr ich fort, »seit sieben Stunden [...] den Herrn Intendanten [...]. Wenn die katalanischen Gesetze anordnen, dass ich für sieben Unzen Tabak, die ich zu meinem eigenen Gebrauch mitführe, zwölfhundert Franken zahlen soll, so versage ich ihnen den Gehorsam und erkläre, dass ich keinen Sou bezahle. Ich werde hier bleiben und einen Kurier an meinen Gesandten schicken, er soll sich beim König beschweren, dass man in der Île de France an meiner Person das Völkerrecht verletzt hat [...]. Wenn man mir Genugtuung verweigern sollte, wird daraus auf jeden Fall eine große Staatsaffäre werden, denn meine Republik wird als Repressalie zwar nicht die in ihrem Staatsgebiet reisenden Franzosen umbringen lassen, aber sie alle ausweisen. Da sehen Sie, wer ich bin. Lesen Sie!«

Schäumend vor Wut warf ich meinen Pass mitten auf den Tisch. Ein Herr nahm ihn auf und las ihn; er war wohl der Intendant. Während das Papier bei den verdutzten Tischgästen von Hand zu Hand ging, sagte er zu mir mit unerschütterlichem Dünkel, er sei nur in Amiens, um Verordnungen auszuführen, und deshalb würde ich erst abreisen, wenn ich bezahlt oder eine Kaution erlegt habe.

»Wenn Sie das für Ihre Pflicht halten, so müssen Sie meinen Pass als eine Verordnung betrachten. Seien Sie selbst mein Bürge, wenn Sie ein Edelmann sind.«

»Macht sich bei Ihnen der Adel zum Bürgen für Gesetzesbrecher?«

»Bei uns lässt sich der Adel nicht dazu herbei, entehrende Berufe auszuüben.«

»Im Dienst des Königs gibt es keinen entehrenden Beruf.«

»Das sagt der Henker auch.«

»Mäßigen Sie Ihre Ausdrücke.«

»Halten Sie selbst Maß in Ihren Handlungen! Ich mache Sie darauf aufmerksam, Monsieur, dass ich ein freier Mann bin, leicht verletzt und schmählich beleidigt, und dass ich vor nichts zurückschrecke. Lassen Sie mich zum Fenster hinauswerfen, wenn Sie es wagen!«

»Monsieur«, fiel nun eine Dame in hoheitsvollem Ton ein, »bei mir wirft man niemanden zum Fenster hinaus.«

»Der Zorn, Madame, lässt einen oft den Kopf verlieren. Sie sehen mich zu Ihren Füßen, um Ihre Verzeihung zu erflehen. Wollen Sie bitte bedenken, dass ich mich zum ersten Mal im Leben einem Bubenstück ausgeliefert sehe, und das in einem Königreich, in dem ich mich nur vor der Gewalttätigkeit der Straßenräuber in Acht nehmen zu müssen glaubte; für sie habe ich Pistolen. Für diese Herren hier habe ich einen Pass [...]. Wegen sieben Unzen Tabak [...] plündert mich dieser Herr aus [...]; man behandelt mich wie einen Verbrecher, und der Herr, der mich schützen soll, weicht aus und versteckt sich. [...] Was mir zugestoßen ist, wird morgen das Tagesgespräch beim diplomatischen Korps in Versailles und in Paris sein, und in wenigen Tagen wird man es in mehreren Zeitungen lesen. Ich werde keinen einzigen Sou bezahlen. Sagen Sie, Herr Intendant, muss ich erst einen Kurier an den Herzog von Gesvres schicken?«

»Bezahlen Sie! Wenn Sie nicht zahlen wollen, tun Sie, was Ihnen beliebt.«

»Dann Adieu, meine Damen und Herren.«

Eben, als ich wutentbrannt den Saal verlassen wollte, hörte ich jemanden auf Italienisch sagen, ich möge noch einen Augenblick warten. Es war ein älterer Herr, der folgendes zum Intendanten sagte:

»Ordnen Sie sogleich an, dass man den Herrn abreisen lässt. Ich verbürge mich für ihn. [...] Sie kennen die Heißblütigkeit der Italiener nicht. Ich habe den ganzen letzten Krieg in Italien mitgemacht und hatte mehrmals Gelegenheit, sie kennenzulernen. Ich finde, der Herr hat recht.«

»Also gut«, sagte daraufhin der Intendant zu mir, »bezahlen Sie nur die dreißig oder vierzig Franken im

Büro, denn man hat bereits einen Rapport geschrieben.«

»Ich werde überhaupt nichts bezahlen, ich wiederhole es. Aber wer sind Sie, edler Herr, der sich für mich verbürgt, ohne zu wissen, wer ich bin?«

»Ich bin Kriegskommissar, […] ich wohne in Paris […]; übermorgen werde ich dort sein. Erweisen Sie mir die Ehre eines Besuches. Wir gehen dann zusammen zu Monsieur Brissard; er wird mich nach Darlegung des Falles von der Bürgschaft, die ich wirklich mit Vergnügen übernehme, entbinden.«

Ich bezeigte ihm meine wärmste Dankbarkeit […]; dann entschuldigte ich mich gegenüber der ganzen Gesellschaft und ging mit meinem getreuen Staatsanwalt […] in einen Gasthof zum Essen. Als wir uns vom Tisch erhoben, gab ich ihm zwei Louis. […]

Mein Wagen stand abfahrbereit vor dem Tor des Gasthofes; eben als ich einstieg, erschien einer der Angestellten, die mich durchsucht hatten, und sagte zu mir, ich würde alles vorfinden, was ich im Wagen gelassen habe.

»Das würde mich wundern«, entgegnete ich; »ist auch der Tabak dabei?«

»Der Tabak, mein Fürst, ist beschlagnahmt.«

»Schade, sonst hätte ich Ihnen einen Louis geschenkt.«

»Einen Augenblick, ich bringe ihn gleich.«

»Ich habe keine Zeit zu warten. Los, Postillion!«

(V.117–123)

Als ich gerade hinuntergehen wollte, kam ein Mann und erklärte, die Federn für die Laternen seien nicht fest, und ich würde sicherlich die Kerzenhalterung verlieren, wenn ich sie mir nicht von ihm richten ließe, wozu er weniger als eine Stunde nötig hätte. Ich fluchte und rief Clairmont [Casanovas Diener], um ihm die Meinung zu sagen; doch er erwiderte, eben dieser Spengler habe die Laternen, ohne dazu beauftragt zu sein, nachgesehen und müsse sie absichtlich entzwei gemacht haben, um Geld zu verdienen. Das stimmte wörtlich, ich kannte diesen Trick. Ich nannte den Mann einen Gauner, und als er mir mit einem französischen Wortschwall antwortete, nahm ich eine Pistole zur Hand und trat ihm mit dem Fuß in den Bauch. Er entfernte sich fluchend, der Wirt kam auf den Lärm hin herauf, und alle sagten, ich sei im Recht; aber dennoch blieb mir der Verlust einer Stunde nicht erspart, denn der Mond schien nicht, und die Laternen waren nötig. Ich verlangte rasch einen anderen Spengler. Er kam, sah sich die Sache an und lachte, denn die Gaunerei des anderen war allzu deutlich; er versprach neue Federn einzusetzen, aber es würde zwei Stunden dauern.

»Los, beeilen Sie sich«, sagte ich.

Ich erkundigte mich beim Wirt, ob ich den anderen ins Gefängnis bringen könne, wenn ich es mir zwei Louis kosten lassen würde.

»Zwei Louis? Ich werde das augenblicklich für Sie erledigen.«

Ich kochte vor Zorn [...]. Zehn Minuten später erschien ein Kommissar, nahm den Tatbestand auf, notierte die Zeugen, machte kurzen Prozess und fragte mich, wieviel meine Zeit je Stunde wert sei. Ich veranschlagte sie [...] auf fünf Louis. Der Kommissar steckte die beiden Louis, die ich ihm zugeschoben hatte, in die Tasche, verurteilte den Spengler zu einer Strafe von zwanzig Louis und entfernte sich mit den Worten, er werde ihn sogleich ins Gefängnis sperren lassen. [...]

Eine Stunde später wurde die Sache rührend. Zwei weinende Frauen, eine davon mit einem Säugling an der Brust, gefolgt von vier weiteren kleinen Kindern, warfen sich vor mir auf die Knie und spielten mir eine Szene vor, deren Anlass ich bald erkannte. Sie waren die Mutter und die Frau des Sünders und wollten mich um Gnade bitten. Die Frau, die als erste sprach, reizte mich durch ihre Behauptung, ihr Mann sei ein ehrenwerter Handwerker, und alle Zeugen seien nur Spitzbuben. Aber seine Mutter besänftigte mich mit den Worten, er könne diese Gaunerei wohl begangen haben; ich müsste jedoch einem Mann verzeihen, der für alle, die ich vor mir sähe, Nahrung herbeizuschaffen habe und nun sein Leben lang im Gefängnis bleiben würde, denn selbst wenn er sein Bett verkaufe, werde er es nie zu zwanzig Louis bringen.

»Schön, meine Gute, was mich betrifft, spreche ich ihn frei; hier haben Sie meine schriftliche Verzichterklärung. Erledigen Sie das übrige mit dem Kommissar, denn ich will niemanden mehr sehen.«

Zusammen mit dem Schriftstück gab ich ihr sechs Francs für die Kinder; die Familie schied zufrieden.

(IX.172–174)

*

Die Franzosen haben mir immer gefallen, die Spanier keineswegs. Dennoch wurde ich häufig von Franzosen betrogen, niemals aber von Spaniern. Wir sollten deshalb unseren Neigungen misstrauen. (II.46)

*

Der Geist der Männer [Spaniens] ist von einer Unzahl von Vorurteilen eingeengt, der der Frauen im allgemeinen recht frei; die einen wie die anderen sind Leidenschaften und Begierden unterworfen, die ebenso heftig sind wie die Luft, die sie atmen. Dem Fremden sind sie alle feindlich gesonnen, dabei nicht in der Lage, hierfür einen vernünftigen Grund anzugeben, denn ihre Ablehnung entspringt einem angeborenen Hass; zu diesem Hass kommt noch eine Geringschätzung, die sicher nur darauf beruhen kann, dass der Fremde kein Spanier ist. Die Frauen, die die Ungerechtigkeit dieses Hasses und diese Geringschätzung einsehen, rächen uns, indem sie uns lieben, aber mit großen Vorsichtsmaßnahmen; denn der von Natur aus eifersüchtige Spanier sucht stets nach einem Anlass. Seine Ehre wird seiner Auffassung nach vom geringsten Seitensprung der Frau verletzt, die ihm gehört; so bemäntelt er die Niedertracht einer furchtsamen Seele mit dem ehrwürdigen Schleier, der das Heiligtum der Ehre und sogar das der Religion umhüllt. Er ist über alle Maßen abergläubisch und unbelehrbar, weil er gar nicht weiß, dass er es ist. Die Liebesbeziehungen können in diesem Land nur geheimnisumwittert sein, weil sie einen Genuss anstreben, der alles übersteigt und dabei verboten ist. Daraus entspringen Geheimnistuerei, Machenschaften und Gewissenszweifel, die zwischen den von der Religion auferlegten Pflichten und der Stärke der gegen sie ankämpfenden Leidenschaften schwanken. Die Männer dieses Landes sind im allgemeinen eher hässlich als schön; aber die Frauen sind sehr hübsch, glühen vor Verlangen und sind alle bereit, bei Ränken mitzuwirken, die auf Täuschung derer abzielen, die ihnen auflauern, um ihre Kniffe auszuspionieren. Sie ziehen den Geliebten, der kühn alle Gefahren auf sich nimmt und ihnen trotzt, den Schüchternen, Achtungsvollen und Beherrschten vor. Aus Koketterie wollen sie sich deren Verehrung bewahren, verachten sie aber im Grunde. Auf den Promenaden, in den Kirchen und im Theater werfen sie allen, die ihnen gefallen, Blicke zu und beherrschen die verführerische Sprache der Augen bis zur Vollkommenheit. Wenn der Mann, der dafür nicht unempfänglich ist, die Gelegenheit zu ergreifen und sie sich zunutze zu machen weiß, gelangt er sicher zu seinem Glück und stößt nicht auf den geringsten Widerstand [...]. (X.333 f.)

*

Während ich interessiert zusah, wie man die vier Pferde anspannte, trat ein Mann auf mich zu, dem ich weiter keine Beachtung schenkte, und fragte mich, ob ich die Fahrt im Voraus zahlen wolle oder bei der Ankunft.

»Ich zahle jetzt. Hier haben Sie einen Portugaleser [eine teure Münze im Wert von 10 Dukaten], bringen Sie mir den Rest.«

»Sofort.«

Zehn Minuten später, gerade als ich nach dem Wechselgeld für meinen Portugaleser fragen wollte, erschien der Postmeister und verlangte Geld für die Fahrt.

»Ich habe bereits bezahlt und warte auf den Rest meines Geldes; ich habe Ihnen doch einen Portugaleser gegeben.«

»Mir? Nicht dass ich wüsste.«

»Wem habe ich ihn denn gegeben?«

»Das müssen Sie doch wissen.«

»Bei Gott, das kann doch nur einer Ihrer Leute gewesen sein.«

Ich sprach laut. Man umringt mich; der Postmeister fragt, wer von mir einen Portugaleser erhalten habe, aber niemand weiß etwas davon. Ich schimpfe, ich fluche; dann sehe ich meinen Fehler ein, zahle ein zweites Mal und lache über den gerissenen Gauner, der mich so geschickt hineingelegt hat. So macht man seine Erfahrungen. [...] In keinem Land gibt es geschicktere Gauner als in Italien, wenn wir vom alten und vom heutigen Griechenland absehen.

(VII.187)

*

Alles in Wien war schön; es gab dort viel Geld und viel Luxus, aber große Hemmnisse für die Anbeter der Venus. Schändliche Spione, die man Keuschheitskommissare nannte, waren die unerbittlichen Quälgeister aller hübschen Mädchen; die Kaiserin hatte alle Tugenden, nicht aber die der Duldsamkeit, wenn es sich um unerlaubte Liebe zwischen Mann und Frau handelte. Die große, sehr fromme Herrscherin hasste die Todsünde ganz allgemein, und in dem Wunsch, sich vor Gott durch deren Ausrottung ein Verdienst zu erwerben, glaubte sie füglich, man müsse jede einzelne streng bestrafen. Sie nahm also das Verzeichnis der sogenannten Todsünden in ihre königlichen Hände, fand ihrer sieben und beschloss, dass sie sechs übersehen könne; die Unzucht aber erschien ihr unverzeihlich […].

Dieser grimmigen Anschauung […] entsprangen alle Ungerechtigkeiten und alle Unterschlagungen, die von den Bütteln der Keuschheitskommissare begangen wurden. Man verhaftete zu jeder Tageszeit in den Straßen Wiens alle Mädchen, die unbegleitet einem durchaus achtbaren Broterwerb nachgingen, und warf sie ins Gefängnis. […] und nahm [dem Mädchen] gleich das ganze Geld und den Schmuck fort, ohne dass sie je wieder etwas davon hörte. In der Leopoldstadt drückte mir einmal bei einem Tumult ein unbekanntes Mädchen auf der Flucht eine goldene Uhr in die Hand, die sonst sicher jenen zur Beute gefallen wäre, die sie ins Stockhaus schleppen wollten. […] Mit einem Wort, alle Mädchen, die durch die Straßen Wiens gingen, waren genötigt, einen Rosenkranz in der Hand zu halten. […] Wien war von diesem Lumpenpack so überlaufen, dass ein Mann, der Wasser lassen musste, nur schwer einen Ort fand, wo ihn niemand sehen konnte. Ich war eines Tages sehr überrascht, von einem Halunken mit Stutzperücke unterbrochen zu werden, der mir androhte, mich verhaften zu lassen, wenn ich nicht für den Rest anderswohin ginge.

»Warum, wenn ich fragen darf?«

»Weil links von Ihnen eine Frau am Fenster steht, die Sie sieht.«

Ich schaute auf und sah tatsächlich im vierten Stock eines Hauses an einem Fenster eine weibliche Gestalt, die mit einem Fernglas hätte feststellen können, ob ich Jude oder Christ war. (III.260–263)

*

Wir kamen [Ende Mai 1765] pünktlich in Moskau an [...]. Wir hätten, stets mit denselben Pferden, unmöglich schneller dort sein können; doch mit der Post reist man schneller.

»Die Zarin Elisabeth«, sagte mir ein Mann dort, »hat die Reise in zweiundfünfzig Stunden gemacht.«

»Das glaube ich wohl«, bestätigte ein Russe vom alten Schlag; »sie hat einen Ukas herausgegeben, in dem sie diese Zeit vorgeschrieben hat, und sie wäre noch schneller gereist, wenn sie eine kürzere Zeit vorgeschrieben hätte.«

Es ist Tatsache, dass man zu meiner Zeit an der Unfehlbarkeit eines Ukas nicht zweifeln durfte; wer es wagte, einen Ukas, wie man dort einen Erlass nennt, für undurchführbar zu halten, wurde der Majestätsbeleidigung beschuldigt. [...]

Noch heute gibt man allen Beamten bei Hof einen

militärischen Titel, ein Beweis für die Art und Weise des Regierens. Der Leibkutscher und auch der Leibkoch der Kaiserin haben den Rang eines Obersten; der Kastrat Luini war Oberstleutnant, der Maler Torelli nur Hauptmann, da er nur achthundert Rubel im Jahr erhielt. Die Schildwachen an den Türen zu den inneren Gemächern der Kaiserin kreuzen ihre Gewehre und fragen jeden, der eintreten möchte, nach seinem Rang, denn davon hängt es ab, ob sie ihre Gewehre zurückziehen und ihn eintreten lassen sollen; das Wort heißt ›kotoij ran‹ (welcher Rang). Als man mir diese Frage zum ersten Mal stellte und mir das Wort erklärte, war ich verdutzt; doch der anwesende Offizier fragte, wieviel Rente ich erhalte, und als antwortete, ich verfüge über dreitausend Rubel, gab er mir sogleich den Rang eines Generals und ließ mich ein. (X.138 f.)

*

Am ersten Tag, als ich bei [General Rzewuski in Polen] wohnte, war ich um die Mittagszeit mit drei oder vier Offizieren in seinem Zimmer. Gerade als ich mich mit ihm über irgendeine interessante Sache unterhielt, kam ein Offizier herein, trat auf ihn zu, er sagte ihm etwas ins Ohr, und dann sagte derselbe Offizier mir ins Ohr:

»Venedig und Sankt Markus.«

Ich erwiderte ganz laut, der heilige Markus sei der Schutzpatron von Venedig; man lachte, und dann merkte ich, dass es die Tagesparole war, die seine Exzellenz gegeben hatte, und die man mir ehrenhalber mitteilte. Ich bat um Verzeihung, und man änderte sogleich die Parole. (X.216)

*

Die Insel, die man England nennt, ist von einem ganz anderen Anstrich als der Kontinent. [...] Das Hornvieh, die Fische, überhaupt alles, was man isst, schmeckt anders, als wir es gewohnt sind; die Pferde sind anderer Art, sogar in ihrem Bau, und die Menschen haben einen besonderen, der ganzen Nation eigentümlichen Charakter, der sie glauben lässt, sie seien allen anderen überlegen. Diese Einbildung ist bei allen Nationen verbreitet. Jede hält sich für die erste. Sie haben alle recht.

Mir fielen sogleich die große Sauberkeit, die Gediegenheit der Nahrung, die Schönheit der Landschaft und die ausgezeichneten Straßen auf; ich bewunderte die prächtigen Wagen, die die Post jedem zur Verfügung stellt, der ohne einen eigenen Wagen reist, auch die Angemessenheit der Fahrpreise, die leichte Zahlungsweise, den raschen Trab, den man immer fährt, ohne je zu galoppieren, und die Art, wie die Städte angelegt waren, die wir auf dem Weg von Dover nach London durchquerten. (IX.206)

*

Auf dem Weg zum Buckingham House erblickte ich zu meiner Linken zwischen den Büschen in zwölf oder fünfzehn Schritt Entfernung etwas Unanständiges, das mich überraschte. Vier oder fünf Personen verrichteten in Abständen voneinander ihre Bedürfnisse und zeigten dabei den Vorübergehenden ihr Hinterteil.

»Das ist unanständig«, sagte ich zu Martinelli; »diese Schweine hätten sich eher uns zuwenden sollen.«

»Keineswegs, denn dann würde man sie erkennen und sicher zu ihnen hinblicken; wenn sie uns aber ihr Gesäß zeigen, nötigen sie uns wegzusehen, außer wir wären an diesem Körperteil besonders interessiert.«

»Das ist sehr logisch gedacht, mein Freund, aber da es für einen Fremden neu ist, werden Sie mich entschuldigen.«

»Sie werden auch bemerkt haben, dass ein Engländer, der auf der Straße Wasser lassen muss, nicht wie bei uns neben jemandes Tür oder in seinem Flur oder seinem Hof pisst.«

»Das habe ich bemerkt. Sie wenden sich zur Straßenmitte und pissen dorthin. Aber wer im Wagen vorüberfährt, sieht es, und das finde ich nicht in Ordnung.«

»Wer befiehlt denn den Vorüberfahrenden hinzublicken?« (IX.302)

*

[Aus Casanovas Loblied auf seine Heimatstadt Venedig am Ende von *Eduard und Elisabeth*]

Wir sahen nur Feste, Maskeraden und Aufführungen in den verschiedenen Theatern sowie auf öffentlichen Plätzen für die Bevölkerung; auf dem Canal grande gab es immer Wettfahrten unter dem Zustrom unglaublicher Menschenmengen, deren Freudenschreie den Eindruck einer Regierung vermittelten, die ihren Untertanen die nötige Freiheit lässt, sich glücklich zu fühlen. [...]

Bewundernswert ist diese unvergleichliche Stadt, [...] die, ganz von Wasser umgeben, nichts von dem hervorbringt, was ihr zum Leben nötig ist, und die dennoch von allem überquillt, was sich der wählerischste Feinschmecker wünschen kann [...].

Die guten Weine der Venezianer kommen aus Griechenland; es sind jene erlesenen Weine, die einst auch den Gaumen der Römer entzückten. [...] Sie haben auch sehr gute einheimische Weine. Nie habe ich dort einen Menschen betrunken gesehen [...].

Ich habe in Venedig das religiöse Leben beobachtet und glaube, dass es in Rom sicherlich nicht blühender sein kann. Es gibt keine weltliche Veranstaltung, die einen größeren Prunk entfalten würde als der Gottesdienst in Venedig; und dieser Prunkt hat seinen Ursprung nicht im Reichtum des Klerus, sondern alle Bürger steuern bci, um die Kosten zu decken. Die Venezianer sind ausschließlich katholisch; es gibt wohl auch Juden und Türken, die in ihren Bezirken wohnen, ebenso Griechen, die denken können, was sie wollen, und die von den Venezianern als ihresgleichen betrachtet werden. [...] Die Tugend der Wohltätigkeit besitzen die Venezianer im höchsten Maße, und es gibt keinen Kranken in dieser Stadt, der sterben könnte, weil ihm Ärzte oder Medikamente fehlen. (E+E III.343–346)

*

Ich war glücklich, wieder in der Heimat zu sein, die jeder Mensch infolge des größten aller Vorurteile so sehr liebt. (III.273)

Casanova im Alter von ca. 25–30 Jahren, Zeichnung von seinem Bruder Francesco Giuseppe C. (1750–55)

## Der Spieler und Scharlatan

Das Spiel ist oft ein großes Linderungsmittel für einen verliebten Mann. (III.284)

*

Ich liebte das Spiel, und da ich nicht die Bank halten konnte, setzte ich im Ridotto und verlor von früh bis spät. Der Kummer, den ich darüber empfand, machte mich unglücklich. Aber warum spielte ich? Ich hatte es nicht nötig; denn ich besaß Geld genug, um alle meine Wünsche zu befriedigen. Warum spielte ich, obwohl ich doch wusste, dass ich Verlusten gegenüber äußerst empfindlich war? Was mich zum Spielen zwang, war eine Regung des Geizes. Ich liebte den Aufwand, und das Herz blutete mir, wenn ich ihn nicht mit Geld bestreiten konnte, das ich im Spiel gewonnen hatte. (IV.124)

*

Als wir [in Sulzbach] zwei Tage lang nicht gespielt hatten, fragte [der Offizier d'Entragues] mich [...], ob er mir Revanche [bei Pikett, einem Kartenspiel] geben solle.

»Mir liegt nichts daran«, erwiderte ich, »denn wir

sind als Spieler zu verschieden. Ich spiele zu meinem Vergnügen, weil ich mich dabei unterhalte, während Sie nur spielen, um zu gewinnen.«

»Wie kommen Sie darauf? Sie beleidigen mich.«

»Das ist nicht meine Absicht; aber jedesmal, wenn wir uns zusammensetzten, haben Sie nach einer Stunde abgebrochen.«

»Dafür müssten Sie mir dankbar sein, denn da Sie nicht so gut spielen wie ich, würden Sie sonst viel verlieren.«

»Vielleicht, aber ich glaube es nicht.«

»Ich kann es Ihnen beweisen.«

»Es soll mir recht sein; aber wer zuerst aufhört, soll dem anderen fünfzig Louis bezahlen.«

»Einverstanden, aber bar auf den Tisch.«

[...] Wir begannen, hundert Punkte um fünf Louis zu spielen, nachdem jeder fünfzig Louis für die Wette beiseite gelegt hatte.

Es war drei Uhr, [...] um neun Uhr meinte d'Entragues, wir könnten zu Abend essen.

»Ich habe keinen Hunger«, erwiderte ich, »aber es steht Ihnen frei aufzuhören, wenn Sie gestatten, dass ich die hundert Louis in die Tasche stecke.«

Er begann zu lachen und spielte weiter; doch seine Schöne schmollte mit mir, ohne dass ich mich darum zu kümmern schien. [...] D'Entragues, der sah, worauf er sich eingelassen hatte, sprach kein Wort, und ich öffnete den Mund auch nur, um meine Punkte zu zählen; wir spielten in tiefstem Stillschweigen.

Um sechs Uhr morgens begannen die Kurgäste ihre Spaziergänge. Alle beglückwünschten uns zu unserer Beharrlichkeit und zollten uns Beifall; wir hingegen sahen recht mürrisch aus. [...]

Die Damen rieten uns wie auf Verabredung, eine Tasse Schokolade zu trinken. D'Entragues stimmte als erster zu, und da er mich am Ende glaubte, verstieg er sich zu dem Vorschlag:

»Vereinbaren wir, dass, wer als erster zu essen verlangt, mehr als eine Viertelstunde fortbleibt oder auf seinem Stuhl einschläft, die Wette verliert.«

»Ich nehme Sie beim Wort«, rief ich; »ich stimme auch jeder anderen erschwerenden Bedingung zu, die Sie vorzuschlagen belieben.«

Die Schokolade kam, wir tranken sie und setzten dann unser Spiel fort. Mittags rief man uns zum Essen, aber wir erwiderten gleichzeitig, wir hätten keinen Hunger. Gegen vier Uhr ließen wir uns überreden, eine Bouillon zu trinken. Zur Abendessenszeit begannen alle zu begreifen, dass die Sache durchaus ernst war, und Madame Saxe [d'Entragues' Geliebte] schlug uns vor, den Wetteinsatz zu teilen. D'Entragues, der mir hundert Louis abgewonnen hatte, wäre auf diesen Vorschlag eingegangen; aber ich widersetzte mich ihm [...]. Mich bekümmerte der Verlust zwar auch, doch lange nicht in dem Maße wie die Frage der Ehre. Ich sah frisch aus, er hingegen wie ein wandelnder Leichnam, eine Täuschung, zu der seine Magerkeit viel beitrug. Als Madame Saxe in uns drang, sagte ich, ich sei untröstlich, den Bitten einer so reizenden Frau […] nicht nachgeben zu können; […] und daher sei ich entschlossen, zu siegen oder meinem Widersacher den Sieg erst zu überlassen, wenn ich tot umfalle. […] Wir spielten die ganze Nacht, und ich achtete ebenso sehr auf das Gesicht meines Gegners wie auf mein Spiel. Im gleichen Maß, wie er verfiel, machte er Fehler, verwechselte Karten, zählte falsch und legte oft verkehrt ab. Ich war nicht weniger erschöpft als er und fühlte mich immer schwächer; in der Sorge, trotz meiner kräftigen Konstitution zu unterliegen, hoffte ich jeden Augenblick, ihn tot umfallen zu sehen. Ich hatte mein Geld zurückgewonnen, und als d'Entragues im Morgengrauen hinausging, beschuldigte ich ihn nachher, dass er länger als eine Viertelstunde fortgeblieben wäre. Dieser ungerechtfertigte Vorwurf machte ihn nervös und mich munter, eine natürliche Folge des verschiedenen Temperaments, ein Spielertrick und Studienexempel für Moralisten und Psychologen; und meine List brachte mir Erfolg, weil sie aus dem Augenblick geboren und nicht vorhersehbar war. […]

Um neun Uhr kam Madame Saxe; ihr Liebhaber war im Verlust. […] Man ließ uns eine Bouillon bringen, aber d'Entragues, dem vor lauter Schwäche schon ganz übel war, schwankte, kaum dass er sie hinuntergeschluckt hatte, auf seinem Stuhl; dicke Schweißtropfen traten auf seine Stirn, und er verlor das Bewusstsein. Man beeilte sich, ihn fortzutragen; ich gab dem Schreiber, der zweiundvierzig Stunden bei uns gewacht hatte, sechs Louis, steckte mein Geld in die Tasche, begab mich, statt schlafen zu gehen, zu einem Apotheker und nahm ein leichtes Brechmittel. Als ich mich dann ins Bett legte, genoss ich einige Stunden lang einen unbeschwerten Schlaf und speiste gegen drei Uhr mit bestem Appetit.

(VIII.82–86)

*

Nach meiner Rückkehr verlor ich bis zum Mittagessen [...] fünfzig Louis, und nachher ließ ich mich dazu überreden, eine Bank aufzulegen. Ich ging also in mein Zimmer, holte fünfhundert Louis und setzte mich an den großen Tisch, um das Glück herauszufordern. Ich nahm Desarmoises als Croupier und machte darauf aufmerksam, dass ich nur gegen Karten setzen würde, die durch Geld gedeckt seien, und dass ich um halb acht aufhören würde. Ich saß zwischen den zwei Schönsten; zur Unterhaltung für die Damen verlangte ich außer den fünfhundert Louis, die ich aus der Börse zog, noch hundert Taler zu sechs Francs. Aber es kam etwas dazwischen.

Da ich nur geöffnete Kartenspiele vor mir sah, forderte ich neue. Der Saalkellner sagte, er habe einen Mann nach Chambéry geschickt, um hundert neue Spiele zu kaufen; der müsse bald zurück sein.

»Inzwischen können Sie doch mit diesen hier spielen«, meinte er. »Sie sind wie neu.«

»Ich will sie nicht wie neu, sondern neu. Ich habe meine Grundsätze, lieber Freund, und alle Teufel der Hölle könnten mich nicht davon abbringen. Bis zur Rückkehr Ihres Mannes werde ich zusehen. Es tut mir leid, dass ich die schönen Damen noch vertrösten muss.«

Niemand wagte, mir auch nur ein Wort zu erwidern. Ich trat meinen Platz ab und steckte das Geld wieder ein. Der Marquis de Prié legte die Bank auf und spielte sehr korrekt. Ich blieb neben Madame Z., die mit mir halbpart machte [...]. Der Mann, der nach Chambéry gefahren war, kam erst gegen Mitternacht zurück. Ich war wohl heil davongekommen, denn in diesem Land gibt es Leute mit unglaublich guten Augen. Ich legte mein Geld wieder in die Kassette und ging zu der Nonne, die im Bett lag.

(VI.298)

*

Bis zur Zeit des Soupers unterhielt man sich mit einem Biribi [frz. Glücksspiel], nach dem hauptsächlich die Frauen verrückt waren. In Genua ist dieses

Spiel verboten; aber im eigenen Haus ist man frei [...]. Die Spieler, die es veranstalteten, gingen also in die Häuser, in die man sie rief, und die Spielfreudigen, die das wussten, kamen dorthin. An diesem Abend wollte es ihr Unglück, dass sie bei der Signora Isolabella waren [...]. Um es den anderen gleichzutun, begann auch ich zu spielen. In dem Raum, in dem spielte, hing ein Porträt der Signora, als Arlecchina gekleidet, und auf dem Spieltisch des Biribi war ebenfalls eine Arlecchina-Figur; um die Hausherrin, neben der ich saß, mein Kompliment zu machen, setzte ich eine Zechine auf die Arlecchina. Auf dem Tisch waren sechsunddreißig Figuren, und man bezahlte dem Gewinner das Zweiunddreißigfache des Einsatzes. Jeder Spieler zog der Reihe nach dreimal hintereinander eine Kugel aus dem Beutel. [...] Einer hielt den Beutel, der zweite das Geld, der dritte kümmerte sich um den Tisch und strich, sobald die Kugel gezogen war, das Geld ein, das auf den Nieten lag. [...] Man konnte auf jede Nummer setzen, soviel man wollte. Ich setzte jedes Mal eine Zechine.

Da Signora Isolabella als erste gezogen hatte und der Sack die Runde nach rechts herum machte, kam ich erst als letzter an die Reihe. Wir waren unser fünfzehn oder sechzehn Spieler, und da die Arlecchina nie herauskam, hatte ich schon fast fünfzig Zechinen verloren, bevor der Beutel zu mir kam. Man bedauerte mich.

Aber schließlich kam die Reihe an mich; ich zog die Kugel, und es war die Arlecchina. Man zahlte mir zweiunddreißig Zechinen aus. Ich setzte sie alle wieder auf die Arlecchina, sie kam heraus, und sie mussten mir tausend auszahlen. Ich ließ fünfzig stehen, zog ein drittes Mal, und die Arlecchina kam wieder heraus. Ich erhielt das ganze vorhandene Geld, und da es nicht ausreichte, gehörte alles mir, der Tisch, der Teppich, die Biribitafel und die vier Silberleuchter. Man lachte, klatschte Beifall, man pfiff die geschröpften Gauner aus, verhöhnte sie und setzte sie vor die Tür. (IX.48 f.)

*

[Casanova lernt in Paris die steinreiche Marquise d'Urfé kennen, die kabbalistische Experimente macht, auf seinen ›Hokuspokus‹ hereinfällt und von ihm finanziell ausgenutzt wird. Sie hält ihn für »den mächtigsten aller Menschen« (V.148).]

Camilla erzählte mir, La Tour d'Auvergne liege mit Ischias im Bett, [...] und wir gingen hin. Nach dem Frühstück sagte ich ihm mit ernster Miene, wenn ich an seinem Oberschenkel tun dürfe, was ich wolle, würde ich ihn heilen; denn sein Leiden sei [...] ein feuchter Dampf, den ich mit Salomos Talisman [dem fünfzackigen Stern der Kabbala gegen böse Geister] und fünf Wörtern vertreiben würde. Er begann zu lachen, sagte aber, ich könne machen, was ich wolle. [...]

Ich besorgte Salpeter, Schwefelblumen, Quecksilber und einen kleinen Pinsel und erklärte ihm, ich würde ein wenig eben gelassenen Urins benötigen. Sein Gelächter und das von Camilla brachten mich nicht von meiner ernsten Miene ab; ich reichte ihm einen Becher, zog die Vorhänge zu, und er gehorchte. Ich bereitete aus all dem eine Mischung und sagte zu Camilla, sie müsse ihm mit den Händen den Oberschenkel massieren, während ich eine Beschwörungsformel murmelte [...]. Zunächst lachten sie gut eine Viertelstunde lang, aber dann machten sie sich mit gleichem Ernst wie ich an die Arbeit. La Tour bot Camilla seinen Oberschenkel; sie [...] begann, den Kranken zu massieren, während ich mit halblauter Stimme Dinge murmelte, die sie unmöglich verstehen konnten, weil ich selbst nicht wusste, was es war. [...] Schließlich sagte ich ihnen, es sei genug, tauchte den Pinsel in das Gemisch und malte auf seiner Haut in einem Zug das Zeichen Salomos [...]. Danach umwickelte ich den Schenkel mit drei Servietten und erklärte ihm, wenn er sich vierundzwanzig Stunden im Bett aufhalten könne, ohne ein einziges Mal den Verband zu öffnen, würde ich mich für seine Heilung verbürgen. Mir machte es Spaß, dass ich sie nicht mehr lachen sah; sie waren ganz verblüfft. [...]

Vier oder fünf Tage später, als ich mich schon beinahe nicht mehr entsann, was ich mit Monsieur de la Tour d'Auvergne angestellt hatte, hörte ich morgens das Getrappel von Pferden, die vor meiner Tür anhielten. Ich [...] sah ihn vom Pferde steigen und das Haus betreten.

»Sie waren Ihrer Sache sicher«, sagte er und umarmte mich; »denn sonst wären Sie am Tag nach Ihrer erstaunlichen Behandlung gekommen, um sich zu erkundigen, wie es mir geht.«

»Gewiss, ich war vom Gelingen überzeugt [...].«

»Jedermann ist erstaunt, denn ich konnte nicht umhin, allen meinen Bekannten von dem Wunder zu erzählen. Es finden sich zwar einige Skeptiker, die mich auslachten; aber ich lasse sie reden.«

»Ich glaube, Sie hätten lieber schweigen sollen, denn Sie kennen ja Paris. Man wird mich einen Scharlatan nennen.« [...]

Dann zeigte [Madame d'Urfé, la Tours Tante] mir eine Porzellanschale, auf der ich Salpeter, Quecksilber und Schwefel erkannte, und auf einem Teller ein Grundsalz.

»Ich nehme an«, sagte die Marquise zu mir, »Sie kennen diese Zutaten.«

»Ich kenne sie«, antwortete ich, »wenn dieses Grundsalz Harn ist.«

»Sie haben es getroffen.«

»Ich bewundere Ihren Scharfsinn, Madame. Sie

haben die Mischung analysiert, mit der ich das Pentagramm auf den Oberschenkel Ihres Neffen malte; aber kein Salz vermag Ihnen die Worte zu offenbaren, die dem Pentagramm die Kraft verleihen.«

»Dazu braucht es kein Salz, sondern das Manuskript eines Adepten, das ich in meinem Zimmer habe; dort sind die Worte vermerkt, wie ich Ihnen zeigen werde.«

Ich antwortete nichts, und wir verließen das Laboratorium. Kaum waren wir in ihrem Zimmer, zog sie ein schwarzes Buch aus einer Kassette, legte es auf den Tisch und machte sich auf die Suche nach einem Stück Phosphor; während sie suchte, öffnete ich das Buch hinter ihrem Rücken, fand darin eine Fülle von Pentagrammen und entdeckte zufälligerweise das gleiche Zeichen, das ich ihrem Neffen auf den Schenkel gemalt hatte, umgeben von den Namen der Planetengeister mit Ausnahme von zweien, nämlich denen des Saturns und des Mars. Rasch schloss ich das Buch wieder. [...] Als sei nichts gewesen, gesellte ich mich zu ihr, und gleich darauf fand sie den Phosphor [...].

Ich schrieb die Namen der Geister; Madame fand das Pentagramm, las die Namen vor, und mit gespieltem Erstaunen übergab ich ihr meinen Zettel, auf dem sie zu ihrer größten Befriedigung die gleichen Namen las. [...]

»Ich malte auf den Oberschenkel von Monsieur de la Tour d'Auvergne das Zeichen Salomos zur Stunde der Venus, und hätte ich nicht mit Anael, dem Geist dieses Planeten, begonnen, wäre die Behandlung erfolglos geblieben.«

»Das wusste ich nicht. Und nach Anael?«

»Muss man zu Merkur gehen, von Merkur zum Mond, vom Mond zu Jupiter, von Jupiter zur Sonne. Sie sehen, das ist der magische Kreis aus dem System Zoroasters, wobei ich Saturn und Mars überspringe, die die Wissenschaft bei dieser Behandlung ausschließt.«

»Und wenn Sie zum Beispiel in der Stunde des Mondes behandelt hätten?«

»Dann wäre ich zu Jupiter gegangen, von dort zur Sonne, dann zu Anael, das heißt zur Venus, und hätte mit Merkur geschlossen.«

»Ich sehe, dass Sie die Praxis der Stunden mit überraschender Leichtigkeit beherrschen.«

»Ohne das, Madame, kann man in der Magie nichts erreichen, denn man hat keine Zeit zum Rechnen.«

(V.132–134, 138–140)

*

Ich kam am letzten Tag des Jahres 1761 in Paris an und stieg in der Rue du Bac in den Räumen ab, die mein Schutzengel, Madame d'Urfé, [...] für mich hatte herrichten lassen.

Ich verbrachte in dieser hübschen Wohnung volle drei Wochen, ohne je auszugehen, um diese gute Dame zu überzeugen, dass ich nur nach Paris gekommen war, um mein gegebenes Wort, ihre Wiedergeburt als Mann zu bewirken, einzulösen.

Wir verbrachten diese drei Wochen mit den nötigen Vorbereitungen für den göttlichen Vorgang; sie bestanden in einem besonderen Kult für jeden einzelnen Genius der sieben Planeten an den Tagen, die ihnen geweiht sind. Nach diesen Vorbereitungen sollte ich an einem Ort, den ich durch Inspiration von den Genien erfuhr, eine Jungfrau, die Tochter eines Adepten, abholen und sie auf eine Weise, die nur Rosenkreuzern bekannt war, mit einem Knaben schwanger machen. [...] Madame d'Urfé sollte ihn in dem Augenblick, da er zur Welt kam, in ihre Arme schließen und ihn sieben Tage bei sich in ihrem eigenen Bett hüten. Nach Ablauf dieser sieben Tage sollte sie ihren Mund auf den des Kindes gepresst, sterben; dieses würde auf diese Weise ihre intelligible Seele empfangen. [...]

Das Unternehmen musste bei Vollmond im April, Mai oder Juni vor sich gehen. Vor allem musste Madame d'Urfé ein rechtskräftiges Testament machen, in dem das Kind, dessen Vormund ich bis zu seinem dreizehnten Lebensjahr sein sollte, zum Universalerben eingesetzt wurde. [...]

Diese prachtvolle Verrückte hielt den göttlichen Vorgang für augenscheinliche Wahrheit [...].

Dann stellte sie eine neue Pyramide, um zu ermitteln, was wir tun mussten, um unser Ziel sicher zu erreichen; ich lenkte sie so, dass sie herausfand, sie müsse an den Mond schreiben. Dieser Unsinn, der sie hätte zur Vernunft bringen müssen, erfüllte sie mit größter Freude. Sie war vor Begeisterung trunken […].

Sie begrüßte also den Auftrag, an den Mond zu schreiben, mit umso größerer Freude, als sie den Ritus, der diesem Planeten genehm ist, ebenso kannte wie die nötigen Zeremonien […]. Ich versicherte ihr, […] wir müssten aber das erste Viertel des nächsten Mondes abwarten […].

Folgendermaßen stellte ich es an, um den Schriftwechsel zwischen Selenis [dem Genius des Mondes] und Madame d'Urfé zu bewerkstelligen.

An dem entsprechend den Mondphasen festgesetzten Tag […] hatte ich in einem ebenerdigen Zimmer alles Nötige für die feierliche Handlung vorbereitet. In meiner Tasche hatte ich den Brief, der vom Mond herabkommen würde, als Antwort auf den von Madame d'Urfé sorgfältig vorbereiteten, den wir an seine Adresse absenden mussten. Einige Schritte außerhalb des Zeremonienraumes hatte ich eine große Badewanne aufstellen lassen, die mit lauwarmem Wasser und mit dem Nachtgestirn genehmen Essenzen gefüllt war; in diese mussten wir gleichzeitig zur Stunde des Mondes eintauchen, die an diesem Tag auf ein Uhr morgens fiel.

Nachdem wir das Räucherwerk verbrannt und die Essenzen versprengt hatten, die dem Kult des Selenis angemessen waren, und dazu mysteriöse Gebete gesprochen hatten, entkleideten wir uns vollständig, und ich führte, meinen Brief in der linken Hand verborgen haltend, mit der rechten würdevoll Madame d'Urfé an den Rand der Badewanne. Dort stand eine Alabasterschale, gefüllt mit Wacholderbranntwein, den ich unter kabbalistischen Worten entzündete, die ich selbst nicht verstand [...]. Diesen Brief verbrannte ich in der Flamme des Wacholderbranntweins, die der Mond voll beschien, und die leichtgläubige d'Urfé versicherte mir, sie habe die Buchstaben ihrer eigenen Handschrift auf den Strahlen des Gestirns aufsteigen gesehen.

Dann stiegen wir in die Wanne, und zehn Minuten später erschien auf der Wasserfläche der Brief, den ich in der Hand verborgen gehalten hatte. Er war kreisförmig mit silbernen Buchstaben auf eisgrünem Papier geschrieben. Sobald Madame d'Urfé ihn entdeckte, nahm sie ihn voll Würde an sich und verließ mit mir das Bad.

Wir trockneten uns ab, parfümierten uns und zogen unsere Kleider an. Als wir uns schließlich in einem schicklichen Zustand befanden, sagte ich zu Madame, sie könne den Brief lesen, den sie auf ein weißes, wohlduftendes Seidenkissen gelegt hatte. Sie gehorchte, und als sie las, dass ihre Verwandlung bis zur Ankunft Querilints verschoben sei, den sie im Frühjahr nächsten Jahres mit mir zusammen in Marseille treffen würde, bemächtigte sich ihrer eine sichtbare Trauer. (VIII. 50 f., 67 f., 73 f.)

*

Vor der Admiralität schickte ich den Wagen fort und beorderte meinen Diener für elf Uhr zu Mijnheer D. O. ins Haus an der Amstel. Ich selbst ging zu Fuß und wurde vom holländischen Straßenpöbel wegen meiner [zu aufwendigen] Kleidung verhöhnt und ausgepfiffen. Esther [D. O.s vierzehnjährige Tochter] erblickte mich vom Fenster aus; man öffnete mir [...], ich trat ein, [...] und beim Hinaufgehen fühlte ich an der vierten oder fünften Stufe mit dem Fuß etwas Weiches. Ich [...] erblickte eine grüne Brieftasche und bückte mich, um sie aufzuheben; aber ungeschickterweise stieß ich daran, und sie fiel durch einen Spalt, [... in den] unter der Treppe liegenden Raum [...]. Ohne mich aufzuhalten, ging ich hinauf. [...]

»Ich sehe«, sagte ich, »dass Ihnen irgendein Unglück zugestoßen ist; wenn Ihnen meine Gegenwart ungelegen ist, erlauben Sie mir, dass ich mich ohne Weiteres zurückziehe.«

Er antwortete, das Unglück sei nicht groß und er habe sich damit abgefunden [...].

»Ich habe eine ziemlich wertvolle Brieftasche verloren«, erklärte er, »[…] Sie enthält Wechsel über hohe Summen, deren Diskontierung ich verhindern kann, aber auch englische Banknoten, über die der Inhaber frei verfügen kann. […]«

Innerlich hocherfreut bewahrte ich Schweigen. […] Aber ich dachte sogleich daran, sie ihnen nur mit Hilfe der Kabbala wieder zukommen zu lassen. […]

»Ich bin unersättlich nach [kabbalistischen] Pyramiden«, sagte [Esther]; »dürfte ich fragen, wer meines Vaters Brieftasche gefunden hat?«

»Warum nicht«, antwortete ich. »Die Bitte ist leicht zu erfüllen.«

Sie stellte die Frage ganz kurz, und die ebenfalls sehr kurze Antwort, die herauskam, besagte, dass niemand die Brieftasche gefunden habe. Esther umarmte stürmisch ihren Vater, der auf diese Antwort hin überzeugt war, dass die Brieftasche wieder in seine Hände gelangen würde; sie stutzte, lachte dann aber laut, als ich sagte, sie hoffe vergeblich, dass ich weiterarbeiten würde, wenn sie mir nicht mindestens ebenso viele Zärtlichkeiten erweise wie ihrem lieben Vater. Da überschüttete sie mich mit Küssen und erstellte die Pyramide aus der Frage, wo die Brieftasche sich befinde. Ich ließ die Worte herauskommen: ›Die Brieftasche ist in den Schlitz der fünften Stufe der Treppe gefallen.‹

D.O. und seine Tochter erhoben sich hocherfreut

und gingen hinunter; ich folgte ihnen. Er zeigte uns selbst den Schlitz, [...] stieg die Kellertreppe hinunter und hob mit eigener Hand die Brieftasche auf, die genau unter der Lichtöffnung der Stufe im Wasser lag. Wir stiegen wieder hinauf und verbrachten eine Stunde mit den allerernstesten Gesprächen über die Göttlichkeit des Orakels, das geeignet sei, seinen Besitzer zum glücklichsten aller Menschen zu machen. (V.188–190)

*

[Ich] ging zu Esther, denn ich musste mich bemühen, sie von der Göttlichkeit meines Orakels zu überzeugen.

Sie legte mir eine Frage vor, die vom Orakel forderte, es solle eine Sache enthüllen, die nur ihr allein bekannt sein könne. [...] Da ich mich wirklich in Verlegenheit befand, sagte ich, das Orakel werde vielleicht irgendein Geheimnis enthüllen, bei dem es ihr dann unangenehm sein könnte, dass ich es erfahren hätte. Sie antwortete mir, sie habe nichts zu befürchten, und ich würde vergeblich nach Ausreden suchen. Da kam mir endlich der folgende glückliche Einfall in den Sinn.

Esther hatte in der Mitte ihres kleinen Grübchens an der Unterseite des Kinnes ein winziges, allerliebstes Muttermal, aber ein wenig vorspringend und mit vier oder fünf ganz kurzen schwarzen Härchen geziert. Dieses kleine Mal [...] erhöhte noch den Reiz ihres hübschen Gesichts. Da ich wusste, dass alle solchen Male, die man im Gesicht, am Hals, auf den Händen oder an den Armen einer Person entdeckt, sich an einer anderen, dem sichtbaren Teil entsprechenden Stelle des Körpers wiederholen, war ich überzeugt, dass Esther ein gleiches Mal [...] an einer Stelle haben musste, die sie als anständiges Mädchen noch nie jemandem gezeigt hatte; vielleicht wusste sie selbst nichts davon. In dieser Gewissheit beschloss ich, sie zu verblüffen, indem ich auf eine entsprechende Frage mit genau diesen Worten antwortete: »Schöne und kluge Esther, niemand weiß, dass du ein genau gleiches Mal wie das an deinem Kinn an der geheimsten Stelle deines Körpers trägst, die allein der Liebe vorbehalten ist.« [...]

Gegen Abend ging ich zu Mijnheer D. O. und fand Esther ernst und gekränkt [...].

»Als Neuestes kann ich Ihnen berichten«, erklärte sie, »dass Ihr Orakel meines Erachtens nicht Ihrem Kopf entspringt, oder wenigstens nur dann, wenn Sie, so wie ich, es wollen. Die Antwort, die es mir gegeben hat, stimmt genau, so genau, dass sie göttlich ist. Sie hat mir etwas gesagt, was niemand wissen konnte, da nicht einmal ich selbst es wusste. Sie können sich meine Überraschung gar nicht vorstellen, als ich diese Wahrheit entdeckte. Sie besitzen einen Schatz, Ihr Orakel ist unfehlbar; wenn es aber unfehlbar ist, dann darf es niemals lügen.«

(VI.22 f., 28 f.)

Manon Balletti, mit der Casanova inoffiziell zwischen 1757 und 1760 verlobt war, Ölgemälde von Jean-Marc Nattier (1757)

# Der Verführer und Liebhaber

Die Liebe ist eine große Dichterin, der Stoff geht ihr nie aus; wenn sie aber nie zum erstrebten Ziel gelangt, wird sie abgestanden wie der Teig beim Bäcker. (I.174)

*

Wer glaubt, die Freuden der Venus seien auch dann schon etwas, wenn sie nicht zwei verliebten Herzen in voller Übereinstimmung entspringen, der ist zu bedauern. (I.322)

*

Ich sah wie schon so oft, dass ›sublata lucerna nullum discrimen inter feminas‹ (bei gelöschter Lampe sind alle Frauen gleich). Ein wahres Sprichwort in Bezug auf den körperlichen Genuss, aber falsch, sogar sehr falsch in Bezug auf die Liebe. Die seelische Anziehungskraft beruht auf dem Gesicht; das ist vielleicht der stärkste Beweis, dass der Mensch eine Seele hat, die ihn vom Tier völlig unterscheidet. (XI.38)

*

Als meine Mutter nach Sachsen abreisen musste, ließ sie mich als Zwölfjährigen mit meinem guten Doktor Gozzi für einige Tage nach Venedig kommen. Wir waren damals ins Theater gegangen; dort tanzte zu meiner großen Überraschung nach Schluss des Stückes ein achtjähriges Mädchen mit bezaubernder Grazie ein Menuett. Dieses Mädchen […] entzückte mich derart, dass ich nachher in [ihre] Loge ging, […] um ihr meine Aufwartung zu machen. Ich war als Abate gekleidet und sah, wie überrascht sie war, als der Vater ihr befahl, aufzustehen und sich umarmen zu lassen. Sie zeigte sich dabei sehr liebenswürdig, und ich benahm mich sehr linkisch. Aber ich war von meinem Glück so erfüllt, dass ich nicht anders konnte, als einer anwesenden Juwelenhändlerin einen zierlichen Ring aus der Hand zu nehmen, den die Kleine hübsch, aber zu teuer gefunden hatte, um ihn ihr zum Geschenk zu machen. Da umarmte sie mich erneut mit dankerfülltem Gesicht. Ich bezahlte der Händlerin die Zechine, die der Ring kostete […]. Mein Herz schlug jämmerlich, denn die Zechine, die ich für den Ring ausgegeben hatte, gehörte meinem Lehrer, dem Doktor; obwohl ich zum Sterben in die hübsche Tochter des ›Pantalone‹ verliebt war, drängte sich mir die Überzeugung auf, dass ich eine ganz regelrechte Dummheit begangen hatte, einerseits, weil ich über Geld verfügt hatte, das mir nicht gehörte, und andererseits, weil ich es wie ein

Tor ausgegeben hatte, ohne mehr dafür zu erhalten als einen Kuss.

Da ich die Zechine am nächsten Tag mit dem Doktor abrechnen musste […], verbrachte ich eine sehr unruhige Nacht. Am nächsten Morgen wurde alles entdeckt, und meine Mutter gab selbst meinem Lehrer die Zechine zurück […]. Die gleiche Händlerin […] kam zur Essenszeit zu uns. Als sie ihre Juwelen vorführte […], lobte sie mich und sagte, ich hätte den Ring nicht zu teuer gefunden […]; meiner Mutter versicherte ich, dass die Liebe mich zum ersten und zum letzten Mal zu so etwas verleitet hätte. Beim Wort ›Liebe‹ brachen alle in ein Gelächter aus und machten sich so grausam über mich lustig, dass ich ganz fest entschlossen war, mich nie mehr zu verlieben. (X.80–82)

*

In Pulawy [in Polen] gefiel mir ein Bauernmädchen, das in mein Zimmer kam; doch als ich versuchte, etwas mir ihr anzufangen, lief es schreiend davon. Der Hausmeister kam herzu und fragte mich gelassen, warum ich nicht den direkten Weg beschreite, wenn mir das Bauernmädchen gefalle.

»Was ist der direkte Weg?«

»Mit dem Vater zu sprechen […] und ihn freundlich zu fragen, ob er Ihnen die Jungfernschaft seiner Tochter verkaufen will.«

»Ich spreche nicht polnisch; regeln Sie die Sache für mich.«

»Mit Vergnügen. Werden Sie ihr fünfzig Gulden geben?«

»Sie scherzen. Wenn sie Jungfrau ist und sanft wie ein Lamm, werde ich ihr hundert geben.«

Die Sache kam noch am selben Tag nach dem Abendessen zustande. Hinterher lief sie wie eine Diebin davon. Ich erfuhr, dass ihr Vater sie hatte schlagen müssen, damit sie gehorchte. Am nächsten Morgen bot man mir mehrere an, ohne sie mir überhaupt zu zeigen.

»Wo ist denn das Mädchen«, fragte ich den Hausmeister.

»Was nützt es Ihnen, wenn Sie das Gesicht sehen, da man Ihnen doch versichert, dass sie Jungfrau ist.«

»Hören Sie, mich interessiert das Gesicht; ein hässliches Mädchen zu entjungfern, ist für meinen komischen Geschmack eine Fronarbeit.« (X.217 f.)

*

Als ich mit meiner Predigt zu Ende war, trocknete sie meine Tränen mit einem Zipfel ihres Hemdes ab, ohne zu bedenken, dass sie bei diesem Liebesdienst vor meinen Augen zwei Klippen enthüllte, an denen auch der erfahrenste Lotse Schiffbruch erleiden musste. (I.163)

*

[Casanova reist in einer Kutsche mit einem Rechtsanwalt, dessen Frau und deren Schwester; man übernachtet in einer Raststätte.]

In dem Zimmer, in dem wir aßen, stand ein Bett, und ein zweites in einer anstoßenden Kammer, die keine Tür hatte [...]. Die beiden Schwestern wählten natürlich die Kammer. Als sie zu Bett gegangen waren, legte sich auch der Advokat nieder, und ich als letzter; bevor ich aber die Kerze löschte, steckte ich den Kopf in die Kammer und wünschte den Damen eine gute Nacht, um auf diese Weise zu erfahren, auf welcher Seite die Ehefrau lag. Ich hatte meinen Plan fix und fertig.

Doch wie verfluchte ich mein Bett, als ich mich hineinlegte und hörte, wie abscheulich es dabei knarrte. Da ich mich der Gunst der Dame sicher fühlte, obwohl sie mir nichts versprochen hatte, warte ich, bis der Advokat schnarcht, und will dann aufstehen, um ihr einen Besuch abzustatten; doch kaum erhebe ich mich, quietscht das Bett, der Advokat wacht auf und streckt den Arm aus. Er spürt, dass ich da bin, und schläft wieder ein. Eine halbe Stunde später unternehme ich einen neuen Versuch, das Bett macht dieselben Streiche, und der Advokat tastet wieder nach mir. Als er sich überzeugt hat, dass ich da bin, schläft er erneut ein, aber die verfluchte Taktlosigkeit meines Bettes bewegt mich, meinen Plan aufzugeben. Doch da geschieht etwas Einzigartiges.

Das ganze Haus hallt wider vom Gelärm vieler Leute, die treppauf und treppab eilen und durcheinanderlaufen. Wir hören Gewehrschüsse, die Trommel, Alarm, man ruft, man schreit, man klopft an unsere Tür. Der Advokat fragt mich, was los sei, ich antworte, ich wisse es nicht, und er solle mich weiterschlafen lassen. Die Schwestern in ihrer Angst bitten uns, ihnen um Gottes willen Licht zu besorgen. Der Advokat springt im Hemd aus dem Bett, um eine Kerze zu holen, und ich stehe ebenfalls auf. Ich will die Tür wieder schließen und schließe sie auch, aber die Feder springt heraus, und ich merke, dass man sie nur mehr mit dem Schlüssel öffnen kann, den ich nicht habe. Ich tappe zum Bett der beiden Schwestern, um sie wegen des Tumultes zu beruhigen [...]. Während ich sage, der Advokat werde gleich mit einem Licht zurückkommen, verschaffe ich mir nicht unbeträchtliche Gunstbeweise. Der schwache Widerstand macht mich kühn. In meiner Angst, kostbare Zeit zu verlieren, beuge ich mich hinab, und um das geliebte Geschöpf in meine Arme zu schließen, lasse ich mich auf sie fallen. Die Bretter, auf denen die Matratze liegt, verschieben sich, und das Bett bricht zusammen. Der Advokat klopft, die Schwester springt auf, meine Göttin bittet mich loszulassen, ich muss mich ihren Bitten fügen, tappe im Finstern zur Tür und sage dem Advokaten, die Feder sei ausgeschnappt und ich könne nicht aufmachen. Er geht wieder hinunter, um den Schlüssel zu holen. Die beiden Schwestern stehen im Hemd hinter mir. In der Hoffnung, noch zu Ende zu kommen, strecke ich die Arme aus; doch fühle ich mich heftig zurückgestoßen und merke, dass es offenbar die Schwester ist. Ich halte mich also an die andere. Als der Advokat mit einem Schlüsselbund vor der Tür steht, bittet sie mich, um des Himmels willen doch wieder ins Bett zu gehen, denn wenn mich ihr Mann in dem schauerlichen Zustand sehe, in dem ich vermutlich sei, werde er alles erraten. Da sich meine Hände ganz klebrig anfühlen, verstehe ich wohl, was sie sagen will, und lege mich rasch ins Bett. Auch die Schwestern ziehen sich in das ihre zurück, und der Advokat kommt herein.

Zuerst geht er in die Kammer, um sie zu beruhigen, lacht jedoch schallend, als er sie in dem zusammengebrochenen Bett vergraben findet. Er will unbedingt, dass ich sie mir ansehe, doch selbstverständlich unterlasse ich das. Er erzählt uns, der Lärm rühre davon her, dass ein deutsches Detachement die spanischen Truppen, die hier lägen, überfallen habe und dass diese deshalb abzögen. Eine Viertelstunde später waren sie alle verschwunden, und tiefe Stille folgte auf das ganze Durcheinander. Nachdem er mir ein Kompliment darüber gemacht hatte, dass ich ruhig im Bett geblieben sei, legte er sich wieder nieder.

Ich wartete schlaflos, bis der Morgen graute; dann ging ich hinunter, wusch mich und wechselte das Hemd. (I.305–307)

*

Am Himmelfahrtstag machten wir alle der Signora Bergalli [...] einen Besuch. Als wir nach Pasiano zurückfahren mussten, wollte die hübsche Pächtersfrau in den viersitzigen Wagen steigen, in dem schon ihr Gatte mit ihrer Schwester Platz genommen hatte, während ich ganz allein in einer zweirädrigen Kutsche saß. Ich beschwerte mich vernehmlich über dieses Misstrauen; die Gesellschaft hielt ihr vor, sie dürfe mir diesen Schimpf nicht antun. Daraufhin kam sie zu mir, [...] ich [...] schlug den Weg durch den Wald von Cecchini ein. Der Himmel war klar, aber in weniger als einer halben Stunde zog eines jener typischen italienischen Gewitter auf, die eine halbe Stunde dauern [...] und dann spurlos verschwinden [...].

»Ach, mein Gott!« sagte die Pächtersfrau. »Wir kommen in ein Gewitter.«

»Ja, und obwohl die Kutsche ein Dach hat, wird der Regen leider ihr Kleid verderben.«

»Was kümmert mich das Kleid? Ich habe Angst vor dem Donner.«

»Verstopfen Sie die Ohren.«

»Und der Blitz?«

»Kutscher, wir wollen uns irgendwo unterstellen.«

»Häuser gibt es erst eine halbe Stunde von hier«, antwortete er mir; »und in einer halben Stunde ist auch das Gewitter vorüber.«

Mit diesen Worten fährt er gemächlich seines Weges weiter, und schon folgt Blitz auf Blitz, der Donner grollt, und die arme Frau zittert. Der Regen setzt ein. Ich ziehe meinen Mantel aus, um uns beide damit zu schützen; da flammt der Himmel taghell auf, es blitzt, und hundert Schritte vor uns schlägt es ein. Die Pferde bäumen sich, und meine arme Begleiterin zuckt krampfhaft zusammen. Sie wirft sich an meine Brust und umklammert mich ganz fest mit ihren Armen. Ich bücke mich nach dem Mantel, der auf den Boden gefallen war, und als ich ihn aufhebe, erwische ich zugleich ihre Röcke. […] Ich will den Mantel über sie breiten und ziehe sie näher zu mir heran, sodass sie buchstäblich und mit meiner Hilfe rittlings auf mich fällt. Da ihre Stellung nicht günstiger sein kann, verliere ich keine Zeit, sondern tue so, als greife ich nach meiner Uhr im Hosenbund, und nutze die Gelegenheit. Es wird ihr klar, dass sie, wenn sie mich nicht augenblicklich daran hindert, sich nicht mehr wehren kann. Sie macht eine Anstrengung; aber ich sage ihr, wenn sie sich nicht ohnmächtig stelle, werde sich der Kutscher umdrehen und alles sehen. Bei diesen Worten lasse ich sie mich beschimpfen, soviel sie will, halte sie im Rücken fest und trage den vollständigsten Sieg davon, den jemals ein gewandter Gladiator davongetragen hat.

Der Platzregen und der Gegenwind waren so stark, dass sie nichts tun konnte, als mir erbittert vorzuhalten, ich bringe sie um ihre Ehre, denn der Kutscher müsse sie doch sehen.

»Ich sehe ihn«, erwiderte ich; »er denkt gar nicht daran, sich umzudrehen. Und wenn schon, der Mantel deckt uns beide vollkommen zu. Seien Sie gescheit und spielen Sie die Ohnmächtige, denn loslassen werde ich Sie bestimmt nicht.«

Sie fügte sich und fragte nur, wie ich dem Blitz mit solcher Verruchtheit trotzen könne. Ich erwiderte, der Blitz sei mit mir im Bunde; sie war beinahe versucht, das zu glauben und hatte fast keine Angst mehr. [...]

Unter anregenden Gesprächen langten wir noch vor allen anderen in Pasiano an. Kaum war sie ausgestiegen, lief sie in ihr Zimmer und schloss sich ein, während ich nach einem Scudo für den Kutscher suchte. Der lachte.

»Worüber lachst du?«

»Das wissen Sie genau.

»Hier, nimm den Dukaten. Aber halte den Mund.«

(I.196–199)

*

Am 2. April, dem schicksalsträchtigen Tag meines Eintritts in diese Welt, erschien bei mir, als ich gerade aufstand, eine schöne Griechin, die mir erzählte, ihr Mann sei Fähnrich und verdiene es durchaus, Leutnant zu werden; das wäre er auch schon längst, wenn sein Hauptmann nicht dagegen spräche, weil sie ihm gewisse Vertraulichkeiten nicht gestatten wolle, die sie mit Anstand nur ihrem Gatten gewähren könne. Sie [...] bat mich, ihr eine Bittschrift zu verfassen, die sie persönlich dem Savio überreichen wolle, und sagte schließlich, da sie arm sei, könne sie meine Ansprüche nur mit ihrem Herzen zufriedenstellen. Ich antwortete, ihr Herz sei wie dafür geschaffen, Wünsche zu befriedigen, und dann verfuhr ich mit ihr wie ein Mann, der eine Vorauszahlung wünscht, und fand nicht mehr Widerstand, als eine hübsche Frau anstandshalber leistet. Hernach sagte ich ihr, sie solle gegen Mittag wiederkommen und die Bittschrift abholen, und sie erschien pünktlich. Sie fand es nicht übel, mich ein zweites Mal zu bezahlen, und gegen Abend kam sie wegen einiger angeblicher

Verbesserungen wieder und belohnte mich ein drittes Mal. Allein zwei Tage nach diesem Streich fand ich mich nicht belohnt, sondern bestraft, und musste mich in die Behandlung eines Spagyrikers begeben, der mich in sechs Wochen wieder völlig gesund machte. Als ich in reichlich einfältiger Weise der Frau ihre Schandtat vorhielt, antwortete sie mir lachend, sie habe mich nur mit dem bezahlt, was sie besitze, und es wäre meine Sache gewesen, mich vorzusehen. Doch kann sich mein Leser weder meinen Verdruss noch meine Beschämung vorstellen, in die mich dieses Unglück stürzte. Ich sah mich als verkommenen Menschen. (I.225 f.)

*

Amor ist ein kleiner Narr, der mit Lachen und Tändeln gespeist werden will; jede andere Nahrung bringt ihm die Schwindsucht. (VI.210)

*

Dann kletterte Adele nach mir in den Wagen, und ich reichte ihr die Hand, um ihr über die große Stufe hinaufzuhelfen, denn diese Wagen haben keine Trittbretter. So war Adele gezwungen, genau vor meinen Augen ihre Röcke zu raffen und das Bein sehr hoch zu heben; dabei erblickte ich schwarze Kniehosen an Stelle ihrer weißen Schenkel. [...]; ich sagte zu ihrem Vater [...]:

»Monsieur Moreau, Adele trägt ja schwarze Hosen.«

Sie errötete, und ihr Vater erwiderte lachend, glücklicherweise habe sie nur ihre Hosen sehen lassen.

Diese Antwort gefiel mir, aber die Sache an sich ärgerte mich, denn den Einfall, Hosen anzuziehen, kann man in Frankreich bei einem Mädchen nur als sehr ungebührlich bezeichnen [...].

»Diese schwarze Farbe hat mich düster gestimmt, während mich Weiß aufgeheitert hätte. Tragen Sie immer Hosen?

»Nie.«

»Sie sehen also, dass das Anziehen von Hosen bei dieser Gelegenheit etwas Ungehöriges an sich hat.«

»Ungehörig?«

»Ja. Was hätten Sie gesagt, wenn ich heute morgen Röcke angezogen hätte? Ich hätte ungehörig gehandelt. Das ist doch das gleiche. Sie lachen?«

»Verzeihen Sie, wenn ich lache, aber ich habe noch nie einen kurzweiligeren Einfall gehört. Aber es ist doch nicht das gleiche; denn alle würden Ihre Röcke sehen, während niemand erraten kann, dass ich Hosen anhabe.«

Ich beugte mich dieser Erläuterung. [...]

[Am nächsten Tag geht die Reise in der Kutsche weiter.]

Als wir aufbrachen, waren wir beschwipst. [...]

Eine Viertelstunde später erlag die arme Adele, nachdem sie so lange als möglich gegen ihn angekämpft hatte, dem Schlaf und sank mir an die Brust. Sie schlief zweieinhalb Stunden tief, und ich verschonte sie. Nur über eines vergewisserte ich mich zu meiner Freude; sie trug keine Hosen mehr [...]. Beim Erwachen glaubte sie aus einer anderen Welt zurückzukehren [...]. Aber als sie sich anständig hinsetzen und ihre Röcke glattstreichen wollte, entdeckte sie das obere Ende ihres Schenkels. Sie bedeckte es rasch, stimmte aber dann in mein Lachen ein und war so geistesgegenwärtig, mir zu sagen, diesmal habe die schwarze Farbe mich nicht trübe gestimmt.

[Auf der nächsten Poststation ist Adele mit Casanovas sexuellen Avancen einverstanden.] (IX.174–178)

*

Es hatte Mitternacht geschlagen, und der Himmel war bedeckt; so hatte ich nicht gesehen, ob die Gondel in gutem Zustand war. Erst tropfte es nur ein wenig [...]. Ein leichter Seitenwind durchnässte mich. Das Unglück war nicht groß. Ich gelangte zu meinem kleinen Haus [...] und klopfte an die Tür meines

Vorzimmers, wo Tonina [die fünfzehnjährige Tochter der Vermieterin] bereits schlafen gegangen war. [...]

Sobald Tonina meine Stimme hört, öffnet sie mir die Tür. Es ist dunkel, ich brauche Licht, sie sucht das Feuerzeug, und da ich im Zimmer bin, bedeutet sie mir sanft und lachend, dass sie im Hemd ist. Ich erwidere kühn, dass mir das, wenn es nicht schmutzig sei, nichts ausmache. Sie sagt darauf nichts und zündet eine Kerze an. Als sie sieht, wie verboten durchweicht ich bin, bricht sie in Lachen aus.

Ich sage ihr, dass ich ihre Hilfe nur brauche, um mir die Seitenlocken meiner Frisur zu trocknen, und sie holt rasch Puder und Quaste. Aber da ihr Hemd sehr kurz und oben zwischen den Schultern sehr weit ist, bereue ich es zu spät. Ich sehe voraus, dass ich unterliegen werde, und das um so mehr, als sie herzlich darüber lacht, dass sie, in der einen Hand die Quaste und in der andern die Puderdose, ihr Hemd nicht festhalten kann, um mir ihren frühreifen Busen zu verbergen, dessen Verlockung nur ein Toter widerstanden hätte. Wie soll ich meine Augen abwenden? Ich starre ihn so unverhohlen an, dass die arme Tonina darob errötet.

»Da, halte das Hemd mit den Zähnen fest«, sage ich; »dann kann ich nichts mehr sehen.«

Ich ziehe es selbst hinauf, entblöße dabei aber die Hälfte der Oberschenkel, deren Anblick mich aufschreien lässt. Tonina, die nicht weiß, wie sie sich oben und unten zugleich meinem Blick entziehen soll, lässt sich auf das Sofa fallen; ich kann mich, in Glut geraten, zu nichts entschließen.

»Was nun?« fragte sie erregt; »soll ich mich anziehen, um Ihnen die Nachthaube aufzusetzen?«

»Nein. Komm auf meinen Schoß, und verbinde mir die Augen. Dann werde ich dir die deinen verbinden, denn ich brauche deine Hilfe beim Ausziehen.«

Da kam sie. Ich aber konnte mich nicht mehr beherrschen und zog sie in meine Arme; von Blindekuh-Spielen war keine Rede mehr. Ich legte sie auf mein Bett, überschüttete sie mit Küssen und schwor, ihr bis zu meinem Tode anzugehören; da streckte sie ihre Arme so bereitwillig nach mir aus, dass ich merkte, wie lange sie diesen Augenblick herbeigesehnt hatte. Ich brach ihre schöne Blüte, die ich, wie stets, allen überlegen fand, die ich in den letzten vierzehn Jahren gepflückt hatte. (IV.168–170)

*

Amor ist ein göttliches Kind, dem die Verschämtheit so sehr verhasst ist, dass er sich erniedrigt fühlt, wenn er ihr Macht einräumt [...]. (III.70)

*

[Casanova spricht in Neapel mit der Geliebten des Herzogs von Matalone, die sich als seine eigene Tochter herausstellt.]

Ich brachte das Gespräch auf die Liebe, und sie urteilte darüber als Kennerin.

»Wenn die Liebe nicht zum Besitz des geliebten Geschöpfes führt«, meinte sie, »wird sie unweigerlich zur Qual; wenn daher der Besitz verwehrt ist, muss man sich vor der Liebe hüten.«

»Ich bin Ihrer Meinung, um so mehr als der Genuss selbst eines schönen Geschöpfes keine wirkliche Freude bringt, wenn die Liebe ihm nicht voraufgeht.«

»Und wenn sie voraufgeht, ist sie ohne Zweifel an ihm beteiligt; aber man kann zweifeln, ob sie nachher auch bestehen bleibt.«

»Das ist richtig, denn oft bringt der Genuss ihr den Tod.«

»Und wenn sie nicht bei beiden Liebenden in gleicher Weise stirbt, kommt das einem Mord gleich; denn der Partner, dessen Liebe den Genuss überlebt, wird unglücklich.«

»Gewiss ist es so, Signora, und nach dieser in einleuchtendsten Worten vorgebrachten Begründung muss ich annehmen, dass Sie die Sinne zu dauerndem Fasten verurteilen. Das ist grausam.«

»Gott bewahre mich vor einer solchen platonischen Anwandlung. Ich verurteile die Liebe ohne

Genuss ebenso wie den Genuss ohne Liebe. Ich überlasse es Ihnen, denn Schluss daraus zu ziehen.«

»Lieben und genießen, genießen und lieben, immer abwechselnd.«

»Sie haben es erraten.« (VII.259)

*

Da stand ich nun [vor dem Ranelagh House in London] und fluchte vergeblich; niemand wusste etwas von meinem Wagen, und ich war in großer Verlegenheit, wie ich nach Hause kommen sollte. Eine hübsche Frau, die meine Notlage sah und seit fünf oder sechs Minuten auf ihren Wagen wartete, sagte mir auf Französisch, wenn ich nicht sehr weit von Whitehall wohne, könne sie mich zu meinem Haustor bringen. [...]

In dem sehr bequemen Wagen erschöpfte ich mich in Dankesbeteuerungen, sagte ihr meinen Namen [...]; ich preise mich glücklich, küsse ihre Hände, dann ihr hübsches Gesicht, dann ihre schöne Brust, und da ich anstatt eines Widerstandes nur sanfteste Bereitwilligkeit und ein Liebe verheißendes Lächeln finde, zweifle ich nicht mehr und gebe ihr einen überzeugenden Beweis, dass sie vollkommen meinem Geschmack entspricht. Da ich mir schmeichle, ihr durch die Leichtigkeit, mit der sie mich gewähren ließ, nicht missfallen zu haben, bitte ich sie, mir zu sagen, wo ich ihr während meines Aufenthaltes in London mit dem größten Eifer meinen Hof machen könne; sie antwortet mir, wir würden uns schon noch treffen. [...] Es vergingen vierzehn Tage, ohne dass ich ihr irgendwo begegnete, doch schließlich traf ich sie im Hause von Lady Betty Germaine [...]. Ich entdeckte die Schöne [...] beim aufmerksamen Lesen einer Zeitung; mir fiel ein, ich könne sie wohl bitten, mich vorzustellen. Ich ging also zu ihr hin; sie unterbrach ihre Lektüre, hörte mich an und erwiderte höflich-kühl, sie könne mich nicht vorstellen, denn sie kenne mich nicht.

»Ich habe Ihnen doch meinen Namen gesagt, Madame. Erinnern Sie sich nicht an mich?«

»Ich erinnere mich sehr gut; aber solche Narreteien geben noch kein Recht auf Bekanntschaft.«

Bei dieser sonderbaren Antwort sanken mir die Arme herab. (IX.236 f.)

*

[Casanova schleicht sich mit einer früheren Geliebten in das Schlafzimmer zweier etwa zehnjähriger Mädchen, von denen eins möglicherweise seine Tochter ist.]

Ich sah zwei Betten; in dem einen schliefen die beiden jüngeren Mädchen, in dem anderen erblickte ich Guglielmina und meine Tochter. Beide schliefen auf dem Rücken, beide hübsch und von rosigem Aussehen, das sich häufig auf den Wangen eines jungen Mädchens oder eines Knaben nur dann zeigt, wenn sie schlafen. Die Decke ließ die Brust der beiden frei. Die meiner Tochter war flach, doch die der anderen glich den Schwellungen, die man auf dem Kopf eines Kalbes kurz vor dem Durchbruch der Hörner erblickt. [...] Welch zauberhafter Anblick! Mariuccia [...] enthüllte vor meiner begehrlichen Seele den Anblick zweier reizender Göttinnen, bei dem die Überraschung genügte, um ihn neu zu machen. Beide hatten in aller Unschuld den Arm auf den eigenen Bauch gelegt und hielten die Hand leicht gekrümmt über die ersten Spuren ihrer Pubertät. Ihr Mittelfinger ruhte noch etwas stärker gekrümmt, unbeweglich auf einem kleinen kaum sichtbaren Organ ihres Körpers. Das war der einzige Augenblick in meinem Leben, in dem ich ganz klar und ohne jeden Zweifel die wirkliche Veranlagung meiner Seele erkannte. Ich empfand einen köstlichen Schauer. Dieses neue Gefühl zwang mich, eigenhändig die beiden nackten Gestalten wieder zu bedecken; meine Hände zitterten. (XII.104)

*

Wie seltsam ist doch die Liebe! Was nützt es, alles gelesen zu haben, was die angeblich Weisen über ihre Natur geschrieben haben, und was nützt es, mit zunehmendem Alter darüber zu philosophieren. Ich werde sie nie als Tändelei oder Nichtigkeit abtun können. Sie ist eine Art Wahnsinn, über welche die Philosophie keine Macht besitzt, eine Krankheit, die den Menschen in jeder Lebenszeit befallen kann und die unheilbar ist, wenn sie einen im Alter überfällt. Unerklärliche Liebe! Gott der Natur! Nichts ist süßer als ihre Bitternis, nichts ist bitterer als ihre Süße. Göttliches Ungeheuer, das man nur mit widersprüchlichen Definitionen fassen kann. (II.169 f.)

*

Ich habe die Frauen bis zum Wahnsinn geliebt, aber stets zog ich ihnen die Freiheit vor. Wenn ich mich in Gefahr befand, sie einzubüßen, gelang es mir stets, wenn auch mit knapper Not, mich zu retten. (III.221)

*Die Versuchung*, auf der ein Diener seinem Herrn die Ankunft einer Prostituierten und deren Zuhälterin ankündigt. Ölgemälde von Pietro Longhi (1746)

# Der Christ und Skeptiker

Was habe ich mein Leben lang nicht alles Gott zugeschrieben! Trotzdem hat mich das Lumpenpack der Denker stets der Gottlosigkeit bezichtigt.

(VI.285)

*

Doch wozu nützt die Stimme des Himmels, wenn man die Befehle nicht versteht. (E+E I.200)

*

Eines Tages nahm [mein Pfarrer] mich beiseite und sagte mit honigsüßen Worten, in dem Stand, den ich gewählt hätte, müsse ich trachten, Gott durch meinen Geist und nicht den Menschen durch mein Äußeres zu gefallen. Er verurteilte meine allzu kunstreiche Frisur und den zarten Duft meiner Pomade. Er meinte, der Teufel habe mich bei den Haaren genommen [...]. Als Antwort verwies ich auf das Beispiel von hundert Abaten, [...] die man in Ruhe lasse, obwohl sie dreimal mehr Puder auflegten als ich, der sich nur hauchdünn pudere, und obwohl sie ambraduftende Pomaden verwendeten, die selbst Frauen im Wochenbett dahinschmelzen ließen, während die meine nach Jasmin rieche und mir die Komplimente jeder Gesellschaft eintrage [...]. Schließlich sagte ich ihm noch, wenn ich hätte stinken wollen, so wäre ich Kapuziner geworden; es tue mir herzlich leid, aber darin könne ich ihm nicht gehorchen.

Drei oder vier Tage später überredete er meine Großmutter, ihn am Morgen zu einer Stunde in mein Zimmer einzulassen, zu der ich noch schlief. [...] Der überhebliche Priester trat aus lauter Liebe zu mir leise an mein Bett und schnitt mir mit einer scharfen Schere unbarmherzig über der Stirn alle Haare von einem Ohr zum anderen ab. [...]

Ich erwachte erst, als das Werk schon vollbracht war. Der Pfarrer verschwand, als wäre nichts geschehen. [...]

Wie grenzenlos waren mein Zorn und meine Entrüstung! Welche Rachepläne brütete ich aus, sobald ich einen Spiegel zur Hand nahm und sah, in welchen Zustand mich der vermessene Priester gebracht hatte! (I.142 f.)

*

Als ich später meine Mitmenschen studierte, wurde mir klar, dass der größte Teil von ihnen glaubt, die Religion bestehe im wesentlichen aus deren Befolgung. (IV.264)

Die Erfahrung hatte noch nie die Kraft, den Aberglauben zu bekämpfen. (XI.313)

*

Ich fand [Ranieri Calzabigi] im Bett liegend, über und über mit Flechten bedeckt […]. Er […] musste sich auch alle Augenblicke bald hier, bald dort kratzen, was in Paris als abscheulich und unverzeihlich gilt […]. Calzabigi erklärte mir, er bleibe deshalb zu Hause, […] denn die Haut jucke ihn, und er finde keine andere Erleichterung, als sich zu kratzen.

»Gott kann mir die Nägel nur zu diesem Zweck gegeben haben«, meinte er.

»Sie glauben also an die Zweckmäßigkeit alles Erschaffenen, ich beglückwünsche Sie dazu. Trotzdem glaube ich, Sie würden sich auch kratzen, wenn Gott vergessen hätte, Ihnen Nägel zu geben.« (V.53 f.)

*

Töricht alle, die sich einbilden, das Höchste Wesen freue sich über Schmerzen, Mühsale und Verzichte, die sie ihm zum Opfer bringen und wohlgefällig seien ihm nur die Schwärmer, die sie freiwillig auf sich nehmen. (I.71 f., Vorrede)

Beim Abschied schenkte mir der Doktor bitterlich weinend das Teuerste, was er besaß; er hängte mir eine Reliquie um den Hals, ich weiß nicht mehr, von welchem Heiligen. Ich hätte sie vielleicht heute noch, wäre sie nicht in Gold gefasst gewesen. Das Wunder, das sie vollbrachte, bestand darin, dass sie mir aus einer dringenden Geldnot half. (I.135)

*

[In den Bleikammern im venezianischen Dogenpalast wird in Casanovas Zelle ein Jesuit eingeliefert.]

Da ein Mann, der es vielleicht wissen konnte, mir mitgeteilt hatte, ich würde hier am Tag meines heiligen Schutzpatrons herauskommen, freute ich mich, erfahren zu haben, dass ich einen besaß, und zu wissen, dass ich ihn interessierte; aber wenn ich ihn bitten sollte, musste ich ihn kennen. Wer war es? Sogar der Jesuit hätte es mir nicht sagen können, wenn er es gewusst hätte; denn er hätte dann die Schweigepflicht verletzt. Aber vielleicht, sagte ich mir, kann ich ihn erraten. Es konnte nicht Santiago de Compostela sein, dessen Namen ich trug; denn gerade an seinem Festtag hatte der Messergrande [Casanova verhaftet]. [...] auf der Suche nach dem nächstfolgenden fand ich den heiligen Georg, der einen gewissen Ruf genoss, an den ich jedoch niemals gedacht hatte. Ich hielt mich deshalb an den heiligen Markus, [...] dessen Wohlwollen ich als gebürtiger Venezianer beanspruchen konnte; ich richtete deshalb meine Bitten an ihn, aber vergeblich. Sein Fest verging, und ich war immer noch da. Ich versuchte es mit dem anderen heiligen Jakobus, dem Apostel, [...]; aber ich täuschte mich wieder. Nun hielt ich mich an den heiligen Antonius, der, wie man in Padua sagt, jeden Tag dreizehn Wunder wirkt; aber ebenfalls vergeblich. So ging ich von einem zum anderen über und gewöhnte mich allmählich daran, vergeblich auf die Hilfe der Heiligen zu hoffen. Ich gelangte zu der Überzeugung, dass der Heilige, in den ich mein Vertrauen setzen müsse, mein zugespitzter Riegel war. Dennoch bewahrheitete sich die Prophezeiung des Jesuiten. Ich kam [...] zu Allerheiligen heraus; und wenn ich einen Beschützer hatte, wurde er sicherlich an diesem Tage gefeiert, an dem alle inbegriffen sind.

(IV.267 f.)

*

Am Tag nach dem Fronleichnamsfest verließ ich Aix, um nach Marseille zu fahren; aber zuvor muss noch ein Wort über die Prozession sagen, die man an diesem Feiertag [...] in Aix-en-Provence mit so sonderbaren Gebräuchen [abhält], dass ein Fremder, der darüber nicht verblüfft ist, ganz stumpf sein muss. […] Der Teufel, der Tod, die Todsünden, alle recht possenhaft gekleidet, die sich untereinander prügeln, sehr ergrimmt darüber, dass sie an diesem Tag dem Schöpfer ihre Huldigung darbringen müssen, die Rufe, das Geschrei, die Pfiffe des Volkes, das diese Gestalten verspottet, der Lärm der Lieder, mit denen die Menge sie höhnisch feiert, […] all das zusammen bietet einen viel verrückteren Anblick als die Saturnalien […]. Gott wandelt nur einmal im Jahr auf Erden; an diesem Tag muss man ihn erheitern, ihn zum Lachen bringen. […] und wer daran etwas auszusetzen findet, gilt als gottlos, weil der Bischof selbst, der das alles ja wissen muss, die Prozession anführt. Monsieur de Saint-Marc […] sagte mir würdevoll, das sei eine ausgezeichnete Einrichtung, denn an diesem Tag kämen mindestens hunderttausend Francs in die Stadt. Da mir diese Wahrheit augenblicklich einleuchtete, widersprach ich ihm mit keinem Wort. (XI.200 f.)

*

Der Mönch, der vier Wochen mit mir verbringen musste, rechnete damit, dass er auf meine Kosten leben werde, während doch er mir von der Vorsehung zu meinem Unterhalt geschickt war. […]

Nach dem Abendessen entwarf ich ihm mit beweglichen Worten ein Bild [...] meiner Notlage bis zu meiner Ankunft in Rom [...]. Zu meiner nicht geringen Überraschung merkte ich, dass Bruder Stefano über die traurige Schilderung meines Missgeschicks erfreut war.

»Ich sorge für Sie bis Rom«, erklärte er. »Sagen Sie mir nur, ob Sie schreiben können.«

»Machen Sie sich über mich lustig?«

»Das ist ja wunderbar! Ich meinerseits kann nur meinen Namen schreiben [...]. Aber wozu würde es mir auch nützen, wenn ich schreiben könnte?«

»Das wundert mich etwas, denn ich hielt Sie für einen Priester.«

»Ich bin kein Priester; ich bin Mönch, ich lese die Messe, und folglich muss ich lesen können. [...] Kurz, da Sie schreiben können, werden Sie morgen in meinem Namen an alle Leute schreiben, die ich Ihnen nenne, und ich stehe dafür, dass man uns bis zum Ende der Quarantäne Essen in Hülle schicken wird.«

Den ganzen nächsten Tag musste ich darauf verwenden, für ihn acht Briefe zu schreiben, weil es in der mündlichen Überlieferung seines Ordens hieß, jeder Mönch, der an sieben Türen geklopft hat und kein Almosen erhalten habe, könne sich darauf verlassen, dass er an der achten überreichlich beschenkt werde. [...] Er nötigte mich auch, die Briefe mit seinem Namen zu unterzeichnen; [denn] man würde […] am Unterschied der Schriftzüge erkennen, dass er die Briefe nicht selbst verfasst habe, und das könne ihm schaden, denn in diesem verderbten Jahrhundert achte man nur die Gelehrten. Ich musste die Briefe mit lateinischen Stellen spicken, sogar die an Frauen gerichteten […]. Wenn ich mich widersetzte, drohte er mit, werde er mir nichts mehr zu essen geben. So fügte ich mich […]. Er ließ mich an den Superior der Jesuiten schreiben, er wende sich nicht an die Kapuziner, weil sie gottlose Menschen seien, und darum habe sie auch der heilige Franz nie leiden mögen. Ich erklärte ihm wohl, zur Zeit des heiligen Franz habe es weder Kapuziner noch Rekollekten gegeben; aber er hieß mich einen Dummkopf. [Der Kapuziner-Orden wurde erst 1528 gegründet, also 300 Jahre nach Gründung der Franziskaner.] Ich glaubte, man werde ihn für einen Verrückten halten, und niemand werde ihm etwas schicken. Ich täuschte mich. Die Unmenge von Esswaren, die am dritten und vierten Tag ankamen, war erstaunlich. Man schickte uns Wein für die ganze Quarantäne. […] An Esswaren erhielten wir alle Tage für fünf bis sechs Personen. […] Für all diese Gaben fühlte sich Bruder Stefano nur dem heiligen Franz gegenüber zu Dank verpflichtet, keineswegs den gutherzigen Menschen, die ihm die Almosen spendeten. (I.258 f.)

*

Wenn […] ein Freigeist fromm wird, ist es fast unmöglich, dass der Aberglaube dabei nicht seine Hand im Spiel hätte. (IV.335)

*

Sie gingen alle acht Tage zur Beichte, ohne gegenüber ihren Beichtigern […] irgendwelche Verlegenheit zu empfinden. Sie glaubten, ihnen nur darüber Rechenschaft zu schulden, was sie selbst für Sünde hielten; und damit hatten sie durchaus recht. (II.219)

*

Die Freigeister, die behaupten, das Gebet sei zu nichts nütze, bedenken nicht, was sie sagen. Ich weiß, dass ich mich immer viel stärker fühlte, wenn ich zu Gott gebetet hatte, und das genügt, die Nützlichkeit des Betens zu beweisen, ob nun die Vermehrung meiner Kraft unmittelbar von Gott stammte, oder ob sie eine physische Folge des Vertrauens in ihn war.

(IV.270 f.)

*

Gott kann das Nichts nicht erschaffen; das wäre ein Widersinn. (GK.152)

Der Tod ist ein Ungeheuer, das einen aufmerksamen Zuschauer aus dem Welttheater vertreibt, noch bevor das Stück, das ihn ungemein fesselt, zu Ende ist. Dieser Grund allein müsste schon genügen, um ihn zu verabscheuen. (I.75, Vorrede)

Gedenktafel an der Calle Malipiero (früher Calle della Commedia) in Venedig, Casanovas Geburtsort
(CC-BY-SA-3.0 / Adriano)

# Casanovas Leben

Als ältester Sohn der Schauspieler Zanetta Farussi (1707–1776) und Gaetano Giuseppe Casanova (1697–1733) wird Giacomo Girolamo Casanova **am 2. April 1725** in Venedig geboren. **Anfang April 1734** wird er in Padua in Pension gegeben und lebt dann bei seiner Großmutter († 18. März 1743). **Von November 1737 bis Juni 1742** studiert er beiderlei Rechte (weltlich und geistlich) an der Universität Padua und erwirbt »den Doktortitel im Alter von sechzehn Jahren« (I.131). 1740/41 beginnt er seine Laufbahn als Geistlicher, wird zum Abate ernannt und erhält die niederen Weihen. **Im Herbst 1741** arbeitet er bei Rechtsanwalt Manzoni, dessen Frau jahrelang Casanovas Papiere aufbewahrt, und beginnt seine ›sexuelle Karriere‹ mit Nanetta und Martha Savorgnan.

**Im Oktober 1743** reist er als zukünftiger Sekretär des Bischofs von Martirano über Rom an den Bischofssitz bei Neapel, gibt aber die Stelle gleich auf und kehrt zurück nach Rom. Auf dem Weg begegnet er in Ancona Teresa Lanti, dem angeblichen Kastraten Bellino, die ihm den Sohn Cesarino gebiert. In diese Zeit fällt auch das Liebesabenteuer mit »Donna Lucrezia«, die ihm die Tochter Leontina schenkt, mit der er 17 Jahre später schläft. **Bis März 1744** ist er in Rom Sekretär von Kardinal Acquaviva, dem spanischen Gesandten, muss die Stadt dann aber verlassen, weil er einem verzweifelten jungen Liebespaar hilft. **Anfang April** kehrt er nach Venedig zurück und verdingt sich als Soldat der venezianischen Armee. **Von Juni bis 14. Oktober 1745** ist er mit dem venezianischen Botschafter in Konstantinopel, wo er eines seiner ganz seltenen homosexuellen Erlebnisse hat. **Im Februar 1746** spielt er als Violinist im Orchester des Teatro San Samuele. Die zufällige Begegnung mit Matteo Bragadin **am 21. April** hat wohltätige Folgen: Von Casanovas magischen Kräften überzeugt, wird der Patrizier langfristig sein finanzieller Wohltäter. Da die venezianische Inquisition ihn wegen einer Vergewaltigung und kabbalistischer Versuche überwacht, flieht Casanova **1749** über Norditalien nach Genf. **Im Herbst** beginnt die Affäre mit »Henriette«, in der Erinnerung die glücklichsten drei Monate seines Lebens.

**Ab Februar 1750** wieder in Venedig, reist er **am 1. Juni** über Lyon, wo er Freimaurer wird, nach Paris. Nach etwa zweijährigem Aufenthalt dort fährt er **im Oktober 1752** nach Dresden, wo seine Mutter als Schauspielerin lebt. Nach einer Prag- und Wien-Reise ist er **Ende Mai 1753** wieder in Venedig. Nun beginnt die Affäre mit C. C., die deshalb **im Juni** von ihrem Vater ins Kloster gesteckt wird. **An Allerheiligen** schreibt die Nonne M. M. Casanova, sie möchte, dass er »ihre Bekanntschaft« mache (IV.20) – der Anfang einer intensiven sexuellen Beziehung. Durch sie trifft er Abbé de Bernis, den französischen Botschafter und Liebhaber von M.M., der ihn 1757/58 als französischer Außenminister protegiert. Sechs erhaltene Berichte eines Spions 1754/55 belegen, dass die venezianische Inquisition Casanova wegen atheistischer und kabbalistischer Tendenzen überwacht. Er wird **am 26. Juli 1755** verhaftet und **am 12. September** wegen Atheismus zu fünf Jahren unter den Bleidächern des Dogenpalastes verurteilt. **Am 31. Oktober 1756** kann er fliehen (vgl. S. 28–40). Er reist durch Norditalien und Süddeutschland, wo er beim Kurfürsten von Bayern um Asyl ersucht, bis nach Paris, wo er **am 5. Januar 1757**, dem Tag des Attentats auf Ludwig XV., ankommt. **Im August/September** führt er einen Spionageauftrag der französischen Regierung in Dünkirchen aus. Dann lernt er die steinreiche Aristokratin und besessene Kabbalistin Madame d'Urfé kennen, die an seine magischen Kräfte glaubt. Er benutzt das, um sie finanziell auszubeuten. Er gründet die Pariser Lotterie (erste Ziehung **18. April 1758**); sie macht ihn reich. Von dem Eheversprechen gegenüber Manon, der Tochter seiner Freunde Mario und Silvia Balletti, zieht er sich nach drei Jahren zurück (40 von Manons Briefen von 1757 bis 1760, in denen sie ihn mehrmals »mein Gatte« nennt, sind erhalten). Leichtsinnig gründet er eine Fabrik für Tapeten mit exotischen Mustern, die in Konkurs geht.

Den **Winter 1758/59** verbringt Casanova in Holland und freundet sich mit dem reichen Kaufmann D. O. und seiner Tochter Esther an. **Ab Februar 1759** wird er in Paris in Justiniana Waynes Versuch verwickelt, ein Kind abzutreiben und dann die Geburt zu verbergen. Das Gerichtsverfahren gegen ihn führt zu einem Gefängnisaufenthalt **von August bis September.**

**Von Februar bis März 1760** hat Casanova in Köln eine Affäre mit der Frau des Bürgermeisters. **Im April** wird er in Stuttgart verhaftet, kann aber fliehen. Er reist in die Schweiz, macht **im Juli/August** Voltaire in Genf mehrere Besuche und kehrt dann nach kurzen Aufenthalten in Südfrankreich und Oberitalien **im Dezember** nach Rom zurück.

**Von 1761 bis Juni 1763** ist Casanova wieder in Italien, Frankreich, Deutschland und der Schweiz unterwegs. Dabei trifft er zweimal mit Madame d'Urfé zusammen, um ihre »falscheste und unsinnigste aller Ideen« (IX.87), ihre Wiedergeburt als Mann, vorzubereiten (vgl. S. 123–131). **Am 21. Mai 1762** belegt der Eintrag »Monsieur le Chevalier de Seingalt avec sa femme« (VIII.315) in Aachens Fremdenliste, dass Casanova sich einen Adelsnamen zugelegt hat (vgl. S. 79–81). **Im November 1762** wird er aus Turin ausgewiesen.

**Von Mitte Juni 1763 bis März 1764** lebt Casanova in London – eine sexuell zugleich frustrierende und erfüllende Zeit. Hier veranstaltet Teresa Imer, mit der er schon als Teenager sexuelle Techtelmechtel hatte, als Mrs. Cornelys Gesellschaften für die vornehme Welt, die zu ihrem Ruin führen. Von seiner und ihrer Tochter Sophie ist Casanova entzückt. Marianne de Charpillon lehnt Casanovas sexuelle Avancen beharrlich ab – eine neue Erfahrung, die ihn in den Selbstmord zu treiben droht. Sie beutet ihn finanziell aus und zieht ihn vor Gericht, weil »Sie das Gesicht einer jungen Dame verunstalten wollen« (IX.390). Unterdessen hat er mit der Portugiesin »Pauline« glückliche Monate verlebt. Aus Furcht, für seine Schulden belangt zu werden, flieht er aus England.

**Von 1764 bis 1766** reist Casanova nach Osten: Erst studiert er **im Juni 1764** in der Wolfenbütteler Bibliothek und ist dann **von Juli bis September** in Berlin (in Potsdam zwei Gespräche mit Friedrich dem Großen, der ihm eine Position als Lehrer in seiner Kadettenschule anbietet, die Casanova jedoch zu provinziell ist). Nach Aufenthalten in Mittau und Riga ist er **von Ende 1764 bis September 1765** in St. Petersburg (Gespräche mit Zarin Katharina) und Moskau. Als weibliche Gesellschaft kauft er eine Dreizehnjährige ihrem armen Vater ab. Mit einem Pass auf den Namen »Graf Jacob Casanova de Farussi« lebt er **von Oktober 1765 bis Juli 1766** in Polen, wo er mit dem König umgeht und nach einem Duell **am 8. Juli** aus Warschau ausgewiesen wird. **Von Juli bis Ende Dezember 1766** ist er in Dresden und reist dann über

Prag nach Wien, wo er **bis Februar 1767** bleibt, bevor er über mehrere deutsche und französische Städte **im September** wieder in Paris ankommt. Aber hier wird er **am 20. November** ausgewiesen und verbringt **1768** in Spanien, wo die strengen religiösen Sitten Liebschaften erschweren. Er verbringt seine Zeit vor allem in Madrid und Barcelona. Hier entgeht er **am 15. November** knapp einem Mordanschlag, verwundet einen der Angreifer, verbringt dafür den **Dezember** im Gefängnis und verlässt die Stadt Ende des Jahres. Die Hoffnung, Gouverneur der Sierra Nevada zu werden, hat sich zerschlagen.

Ruhelos reist er **von 1769 bis 1772** durch Frankreich und Italien mit längeren Aufenthalten in Aix-en-Provence und Florenz, von wo er **im Dezember 1771** ausgewiesen wird. In der Hoffnung, von der venezianischen Regierung begnadigt zu werden, hält er sich **ab November 1772** nahe Venedig in Triest auf. **Am 3. September 1774** erhält er die Begnadigung und bleibt nun **bis 1782** in seiner Heimatstadt. Er verdingt sich als Spion für die venezianische Inquisition – eine Bedingung seiner Begnadigung. 52 seiner Berichte über suspekte Aktivitäten seiner Mitbürger sind erhalten.

Nachdem seine Satire *Weder Liebe noch Frauen* einen Skandal ausgelöst hat, flieht Casanova **im September 1782**. Er reist durch Österreich, Deutschland und Flandern nach Paris, wo er **von Juni bis Ende**

**November 1783** bleibt. Nach weiteren Reisen nach Dresden, Berlin und Prag arbeitet er **von Ende 1783 bis Sommer 1785** in Wien als Sekretär des venezianischen Botschafters. Dann wird er Bibliothekar des Grafen Waldstein auf dessen Schloss in Dux. **Im Oktober 1787** ist er in Prag an Luigi da Pontes Libretto für Mozarts *Don Giovanni* beteiligt. **1787** veröffentlicht er den Bericht über seine Flucht aus den Bleikammern, **1788** seinen Science-Fiction-Roman *Eduard und Elisabeth oder die Reise in das Innere unseres Erdballs*. **1795** reist er nach Berlin und Weimar, wo er von Herzog Karl August empfangen wird. **Von 1789 bis zu seinem Tod am 4. Juni 1798** arbeitet er an der *Geschichte meines Lebens*. Nach Fürst Charles de Ligne sind seine letzten Worte: »Ich habe als Philosoph gelebt und sterbe als Christ.«